前に作成したこの2つのプログラムのソースコードをコピーして、ここに貼りつけて――
で、for文の括弧の中の数字を少しだけ変えて――
あとは、表示させる時の形を整えるprintf文の括弧内の数値もちょっと変えて――
最後に、コンパイルしてから実行ボタンを押せば――

ロボットに命をかける
緑川善兵衛《みどりかわぜんべえ》
カードゲームマニア
赤池慎太郎《あかいけしんたろう》
ライトノベル大好き
井黒奈央《いぐろなお》
格ゲー愛好家
黄田心晴《きだこはる》

オールマイティオタク
青木《あおき》健斗《けんと》
Vライバーの熱烈ファン
胡桃《くるみ》愛菜《あいな》
正真正銘お嬢様
白鳥《しらとり》理恵《りえ》

俺も結構ネット小説読んでるから、オススメの作品を教えてやるよッ！
ズバリ、『トラック受け止め異世界転生ッッッッッ!!!!!熱血武闘派高校生ワタルッッッッッッ!!!!!』ってやつが俺のイチオシだッッ!!
しもっち
1
トラック受け止め異世界転生ッ!
熱血武闘派高校生
ワタルッッ

カーストが逆転する教室へようこそ！①

しもっち

OVERLAP

CONTENTS

Illust：麦化

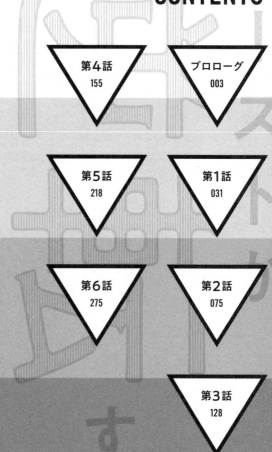

プロローグ

『リア充』の定義は難しい。

一般的には、休み時間に教室の真ん中に集まって、ワイワイガヤガヤと騒ぎ楽しんでいる奴《やつ》ら……俗に言う陽キャが、リア充だって呼ばれている。

そして反対に、オタクみたいな陰キャは非リア充。

でも、本当にそうなんだろうか。

別に陰キャだからって、人生を楽しめていないわけじゃない。

熱中できる趣味があって、共通の話題で盛り上がれるオタク友達がいれば、それはれっきとしたリア充と言えるはずだ。

まあ一口にオタクと言っても、色々な種類の奴がいるのは否定できない。

少しでも知識の浅い奴はにわかとののしり、そのくせ自分は数分前にWikipediaで知った知識をさも自らの専門知識であるかのような口ぶりで喋《しゃべ》ってマウントを取る。

映画やアニメは絶対に十秒スキップするな、どんな間にも演出としての意味がある、とドヤ顔で語るくせに自分は平気で違法視聴。

コンテンツの感想をＳＮＳに書き込む時はなんでもかんでも大げさに語ったり、重箱の隅をつきまくったりして、変な大喜利のノリでバズりを狙う。

そういう面倒なオタクもいる。

結局のところ大事なのは、自分の『好き』に正直であることと、相手の『好き』を否定しないこと。協調性だ。

相手を尊重しようという気持ちがあれば、陽キャとか陰キャとか関係なく、ちゃんとリア充になれる——そう思っている。

◆　◆　◆

長崎市内にある工業高校、その名も『長崎県立出島工業高校』。

長崎生まれ長崎育ち、生粋の長崎っ子である俺は、この学校に通っている。

一昔前までは『工業高校は偏差値が低いのでヤンキーが多い』『ここから大学に進学するのは難しい』なんて言われていたが、最近じゃどこの工業高校もそれなりに大学進学には力を入れている。

特に出島工業高校は、国内に数ある工業高校の中でもトップクラスの偏差値を誇っている場所だ。難関大学への進学者も輩出している。

とまあそんな高校なのでヤンキーは一切おらず、言ってみればここはガリ勉オタクの巣窟。普通の高校なら疎まれるような変わり者が輝ける、奇跡の空間なのである。

今日は4月1日。

長かったような短かったような春休みが明け、本日から俺は2年生に進級する。

長崎市内を走る路面電車の中で吊革《つりかわ》につかまり、ゆったりとしたスピードで流れていく外の景色をボーっと眺めた。

時々目に映る満開の桜が、今の季節が春であるという事実を思い出させる。

春と言えば別れと出会いの季節――なのだが、俺はまったくワクワクしていない。

普通の高校なら、進級するこのタイミングで『クラス替え』という大きなイベントがあるだろう。

しかし我が工業高校は学習カリキュラムに応じてクラスが最初から決まっているので、進級してもクラス替えが行われない。

つまり、教室の場所こそ違うが、そこで出会うクラスメイトは全員同じメンバーなのだ。

新鮮さもへったくれもない。

まあ、仲の良い友人と離れたりすることもないのでそこは安心だ。

新しいクラスで新しい奴らと一から関係性を築いていくのはストレスだからな。

部活をしていれば、これから後輩が入ってくるので、そこで新しい出会いが生まれたりもしただろう。

しかし帰宅部を満喫している俺には無縁な話だ。

『次は〜、出島。次は〜、出島。お降りの方は〜、ボタンを押して〜、お知らせください〜』

車掌の気だるげな声が、ガタンゴトンと揺れる朝の電車内に響いた。

◆　◆　◆

長崎県立出島工業高校。

前述した通り、ここは学習カリキュラムに応じてクラスが6つに分けられている。

機械工学に特化した『機械科』。

電気工学、通信工学に特化した『電気通信科』。

建築工学に特化した『建築科』。

デザイン工学に特化した『インテリア科』。

化学工学に特化した『化学科』。

情報工学に特化した『情報工学科』。

俺はこの中の情報工学科というクラスに在籍している。

情報工学と言ってもほとんどの人はピンとこないだろうが、基本的にはプログラムの書き方やそれを応用したソフトウェアの開発方法、ウェブサイトの作り方なんかを学んでいる。要はパソコン関連全般の学問だ。

クラスの人数は40。男女比はきっかり20：20。

インテリア科に次いで女子の数が多いクラスだ。なお、他のクラスはほとんどが男子である。

今のご時世、男だから女だからなんて性別で物事を語るのはナンセンスだが、まあ工業高校に進学してくるのは男のオタクが多い。

工業系の学問に興味を持つ女の子は、全体的に見ればやっぱり稀《まれ》だ。

だから、共学なのに学校の雰囲気が若干男子校っぽい、というのも工業高校の特色の1つかも知れない。

さあ、今日から2年生だ。

見慣れた校舎の中を進み、俺は情報工学科2年の教室へとやって来た。

初めて入る教室。しかしなんの気負いもない。

散々言うが、我が工業高校にクラス替えはないからな。

「ウィッス、おはよー」

俺がいつもの調子でドアを開けて室内に入ると、

「おはよう健斗《けんと》ッ!!」

という暑苦しい叫びが聞こえてきた。

かと思うと俺は、いきなり大男に真正面から抱き着かれる。

「会いたかったぜェッ!!」

「うおっ、暑苦しいからどけっ！」

「はっはっはッッ!!　まあそう言うなよ、健斗ッッッ!!」

さて、そろそろちゃんと名を名乗るとしよう。

俺の名前は健斗――青木《あおき》健斗。

この出島工業高校で日々勉学に勤《いそ》しむ、健全な男子高校生である。

そして朝っぱらから熱烈な抱擁をかましてきたこの男の名は、赤池慎太郎《あかいけしんたろう》。身長190センチを誇る圧倒的巨漢だ。

その肉体は学ラン越しでも分かるほど筋骨隆々。

顔は完全にゴリラで、オタクとは一生縁のなさそうな、典型的な陽キャ野郎に見える。

しかし実際は違う。

「てかお前、なんでそんなにテンション高いんだよ！」

俺が必死に抱擁を引きはがしながら聞くと、慎太郎は気味の悪いニヤケ面で学ランの内ポケットから『ある物』を取り出した。

「へへっ、昨日カードショップで掘り出し物をゲットしたんだよ……ッ！」

それは、赤いドラゴンのイラストが描かれた1枚のカード。少しの傷もつかないよう、しっかりと透明のスリーブで二重に保護されていた。

「『深淵《しんえん》の業火竜デスエンド・ドラゴン』のシークレットレアッ！　しかも初期の頃に数百枚しか刷られなかった旧版イラストだぞッ！　すごくねぇかッッ!?」

そう。こいつは筋肉ムキムキのワイルドゴリラという見た目をしておきながら、実はバキバキのカードゲームオタクなのだ。

学校にカードケースを何個も持ち込んでおり、休み時間はコレクションしているレアカードの数々を見つめて顔を赤らめるという入れ込みようである。

「ほー、旧版のシク（※シークレットレアの略）か。高かったろ？」

俺もカードゲームはたしなむ方なので、慎太郎が手に持つカードを見て感嘆の声を上げた。これはかなり珍しいカードだ。

「ああッ！　高かったッ！　9万円もしたッ！」

「9万!?」

思わず声が裏返った。高校生にとって9万円は、とんでもない大金である。

事情を知らない一般人からすれば、1枚の紙きれのためにそれだけのお金を払うなど愚の骨頂だと感じてしまうだろう。

「だがしかしッッ!!　俺は将来のオリンピック金メダリストッッ!!　たかが9万円の出費

を惜しんでいたんじゃあ、ビッグにはなれないぜッッッ!!」

慎太郎がカードを片手に声を荒らげた。

ちなみに、こいつの『将来のオリンピック金メダリスト』という発言はあながち冗談ではなかったりする。

というのも慎太郎は、去年の全日本高校生卓球選手権で1年生ながら見事に優勝を果たした、天才卓球マンでもあるからだ。

聞いた話によるとこいつは、生後3か月で卓球のラケットを右手に握り、4か月でトレーディングカードを左手に握り、以来今日にいたるまで卓球&カードゲーム漬けの毎日を送ってきたらしい。

卓球とカードゲームの二刀流を極めた地上最強のオタクゴリラ。

それが赤池慎太郎という男だ。

「よっしゃ、健斗ッ! 早速デュエルしようぜッ! 2年生になってから一発目のデュエルだッ! もちろんデッキは持って来ているよなッ!?」

慎太郎がそう言ってきたので、俺はニヤリと笑い答えた。

「当たり前だろ?」

そして、学ランの内ポケットからデッキケースを取り出す。

工業高校の生徒たるもの、いつ勝負を挑まれてもいいようにデッキは常に携帯しておく。

常識中の常識だ。

「よっしゃ、デュエルスタートだッ！」

そして俺たちは、近くにあった机をデュエルフィールドにして、手慣れた動きでカードを並べていく。

と、その時であった。

「邪魔なんじゃー！」

俺はいきなり、背後から強烈な飛び蹴りをかまされる。

「ぐわーっ!?」

俺は前のめりに、勢いよく突っ伏した。

思いっっっきり床にぶつけてしまい赤くはれたおでこをさすりながら、俺に飛び蹴りをかましてきた犯人を見上げる。

そこには、人を蹴っておきながら何の罪悪感もなく満面の笑みを浮かべる、美しい少女が立っていた。

髪は黒のサイドテール。肌は健康的にこんがりと日焼けしていて、スリムな体型ではあるが腕も脚も筋肉質で引き締まっている。

彼女の名前は黄田《きだ》心晴《こはる》。

出島工業高校陸上部のエースとして長崎県内で名をはせている、新進気鋭の短距離ランナーだ。

「おはよう健斗！」

「おはようじゃねぇよ！　なんでいきなり蹴ってくるんだ！」

　俺が立ち上がりながら言うと、彼女は「ワハハハハ！」と豪快に笑い、

「登校してきたらむさくるしい男どもが私の机を占有して遊んでたから、蹴ってやった！」

と返してきた。

「だからっていきなり蹴るのはおかしいだろうが！」

「いや健斗。これに関しては蹴られても仕方ない。どう考えても非があるのはお前だからな」

急に真顔になり、心晴の机の上に並べていたカードを手際よく片付けながら言う慎太郎。

元はと言えばデュエルをけしかけたのはお前だろうが。ちょっとぐらいフォローしろよ。

「それにしても心晴ッ！　今の飛び蹴り、中々いいフォームだったぞッ！」

慎太郎が言うと、心晴は元気よくガッツポーズをした。

「でしょでしょ!?　ちなみに今の飛び蹴りのコマンドは↓↘→＋Ⓒね！」

　何を言っているのか分からない人のために説明するが、心晴は筋金入りの格闘ゲームオタクなのだ。

　だから、自分の行動をなんでもかんでも格ゲーと結び付けて例えるという独特なクセを

持っている。

1年生の時に陸上の大会で優勝し、地元の新聞記者からインタビューで『優勝したポイントは？』と聞かれた時なんかは『敵の攻撃ラッシュの最中にコマ投げを差し込む時ぐらい集中して走りました。そしたら勝てました』と答えてドン引きされてしまったらしい。

普通に自業自得だと思う。

すると、ちょうど隣の席で黙々と作業に打ち込んでいた一人の男子生徒が、メガネをクイッと上げながらため息をついた。

「やれやれ……小生たちは今日から高校2年生なのですぞ。もう少しその自覚と落ち着きを持ってはいかがですかな、お三方」

ちゅるちゅるの天然パーマにグルグルメガネ。そして一人称が『小生』というやけに古風でめんどくさい喋《しゃべ》り方。

ここにきてようやく現れた『いかにもオタク』な雰囲気を醸し出すこいつの名前は緑川《みどりかわ》善兵衛《ぜんべえ》。

そう、『善兵衛』。

親は一体何を思って我が子にこんな名前を付けたのかと小一時間問い詰めたくなる、冗談みたいに古臭い名前だ。

そしてこいつは超が付くほどのロボットオタク。

毎日浴びるようにロボットアニメを見まくり、ロボットゲームを遊びまくっている男。

さらに学校での休み時間の際は、いつもプラモデルをいじっているという徹底ぶり。

現に今も、猛烈なスピードでパチパチとプラモを組み立て中だ。

この情報工学科に入学してきた理由は、『大好きなロボットゲームの新作がいつまで経《た》っても出ないので、それならばいっそ自分で作ってしまおうと考え、そのためにゲームプログラミングを学ぶ必要があったから』だそうだ。

自分の欲望のために、どこまでも貪欲に突き進む。善兵衛はオタクの鑑《かがみ》である。

「今日は何作ってんの？　善兵衛」

心晴が聞くと、善兵衛は組み立てる手を一切止めることなくこう答えた。

「よくぞ聞いてくださった。小生は今、２０１５年の冬に放送されたロボットアニメ『デウスエクス』に登場する主人公機、『デビルリーパー』の１／１４４スケールプラモデルを作っているところなのです！　ちなみに発売はコトフキヤ。プラモデル業界はパンタイとコトフキヤ、この2つの会社が強いと言われているのですが、コトフキヤはとにかくプラモデルのディテールのクオリティが高い！　その分パンタイのプラモデルよりも値段は高いのですが、それだけの価値は十二分にありますぞ！」

よく噛《か》まないな、と感心してしまう程の早口だ。

オタクという人種は誰しも、好きなものについて語っている時はこれぐらい早口になってしまうものである。

対する心晴はと言うと、頭の後ろで手を組んで、

「ふーん、よく分かんねーや」

と能天気に笑った。

俺も、ロボットアニメはよく見るしプラモも時々作りはするが、それでも善兵衛のロボットオタクとしてのディープさには平伏してしまう。

「心晴殿……プラモデルを作ったことがないなんて、人生を損しておりますぞ！　プラモデルには夢と希望と愛が詰まっております！　ぜひ、心晴殿も作るべきであると言わざるを得ない！」

「それを言うなら善兵衛だって、格ゲーやりなよ」

「いや、小生運動は苦手なので」

お前はあれを『運動』ととらえているのか。

まあ御覧の通り、善兵衛は変わり者が多いこの出島工業高校の中でも、トップクラスに変わっている奴《やつ》だ。

しかし、こいつはなんだかんだ人当たりが良く喋っていて楽しいので、皆から好かれている。教師陣からの信頼も厚い。

善兵衛が先生から本気で叱られたのは、密閉された教室内で何食わぬ顔でシンナー塗料

ぐらいだ。

を使ってプラモに塗装をし始め、そのせいで教室にいたクラスメイト全員を殺しかけた時
あの時のシンナーの、鼻の奥を直接ぶん殴ってくるような強烈な刺激臭は、今でも忘れられない。マジで吐く寸前だった。

「あ、そう言えば！」

俺はそう言いながらポケットからスマホを取り出す。

「実は昨日ガチャ引いたらさ、星3レアのヘラジカが当たったんだよ！」

「ん？　健斗《けんと》殿、一体なんの話をしているのですか？」

善兵衛が首を傾《かし》げた。すると俺の代わりに心晴が答える。

「えっ、善兵衛『シカ娘プリティバンビ』知らないの!?」

「シカ娘……？」

シカ娘プリティバンビ。

今、日本中で大流行しているソシャゲのことで、様々な種類のシカが美少女キャラとして擬人化されて登場する。

ガチャで入手したシカ娘を育成し、他のプレイヤーのシカ娘と走る速さをレースで競わせて戦うことができるのだ。

この育成要素が非常によくできており、プレイヤーはゲーム内で『トレーナー』となっ

て個性豊かなシカ娘たちと一緒にトレーニングをこなして親密度を深めていくのだが、こうして仲良くなったシカ娘たちへの愛着は相当なものになっていく。

思い入れのあるシカ娘がレースで一着を取ると、冗談抜きで泣いて喜びたくなってしまうのだ。

「まあ善兵衛はソシャゲとかやらないもんな」

「てかさ、ヘラジカをゲットしたって本当!? あれめっちゃレアなシカ娘だよね!」

俺がゲームを起動させると、くいついた心晴がスマホの画面に顔を寄せてきた。

「本当だぜ。ほら」

「うわー! すっごーい! しかももうAランクまで育成し終わってるじゃん! 格ゲーで喩《たと》えると、残り1ミリの体力から相手の攻撃を全段ブロッキングして一気にまくるぐらいすごい!」

目をキラキラと輝かせながら、感嘆の声を上げる心晴。

俺も一応格ゲーはそれなりにかじっているので説明するが、『残り1ミリの体力から相手の攻撃を全段ブロッキングして一気にまくる』のは本当にすごいことなので、これは心晴なりの最大級の褒め言葉だ。

「へへ、徹夜で育成したからな」

「おお、徹夜で! 流石《さすが》は健斗殿ですな!」

「よくそんな時間あるよね～。たしか健斗ってさ、『ヒロサバ』も世界ランク1位取ったことあるんだよね？」

「ん？　ああ、一瞬だけだったけどな」

ヒーローズサバイバル、略してヒロサバ。

こちらもシカ娘に負けず劣らず流行中の、バトルロイヤルＦＰＳゲームである。

ＰＣやゲーム機があれば無料でプレイできるのだが、様々なスキルを持った個性的なキャラクターたちを操作して戦うというスタイルが人気を博している。

最大プレイ人数は１００人。バトロワなので自分以外は全員敵で、１つの広いフィールド内で物資を探して装備を整え、相手と戦ったりうまく隠れたりして最後の一人になることを目指す。

そしてこのヒロサバでは戦績に応じてランキングが付けられるのだが、実は俺は数か月前に世界ランク1位を獲得したことがある。

とはいえ本当に一瞬だけで、数時間後には見事にプロゲーマーに1位の座を奪われてしまった。あれ以来1位にはなれていないが、それでも常に世界ランク５００位以内にはいられるように今でも努力している。

「いやいや、一瞬でも世界1番にまで上り詰めるのは、本当にすごいことですぞ！」

善兵衛が感心した顔で言ってきた。

さて、まずここではっきりと言っておくが——俺は人の上に立つのが好きだ。

何事においてもやるからには1番でいたいし、それはソシャゲにおいてもFPSにおいても同じ。

だから俺はシカ娘をプレイする際は、キャラごとの性能差、長所や短所、育成時の各ステータスの上り幅、乱数による微妙な数値の揺れなどのデータを全てエクセルにまとめ、完璧な育成方法を日夜研究し続けている。

毎月のお小遣いの使い道は、ほとんどがシカ娘の課金だ。

そしてガチャで高ランクのキャラを入手した時も、そのキャラの素で高い性能にあぐらをかいたりせず、研究データから算出した最も効率的な育成を徹底するようにしている。

ヒロサバに関しては、シカ娘のようなソシャゲと違い課金要素でプレイヤー間の実力に差が出ることはないので、ひたすらエイムやキャラクターコントロールの練習をこなしてFPSの実力を堅実に養う。

とにかく、ソシャゲもFPSもクラスメイトの誰よりもやり込むようにしているのだ。

トップであり続けるためなら努力は惜しまない。

寝る時間なんか喜んでソシャゲとFPSのために捨ててやる。

それが俺のポリシーなのだ。

また、カードゲームやロボットアニメの知識、格ゲーの腕前なんかでは他の友人たちに圧倒的に負けているが、それでも、これらの分野も自分なりにちゃんと挑戦するようにはしている。

そこには、一つひとつの分野で1番になれずとも、トータルで1番になりたいからという自分なりのプライドもある。

だから俺は、ソシャゲとFPSに関してはクラス1のオタクだと思うし、それ以外の大体のオタクカルチャーにおいても、広く浅く足を踏み入れてはいるので、オールマイティなオタクになれていると自負している。

別に、オタク知識でマウントを取りたいとかって気持ちは一切ない。

確かに人の上に立ちたいとは常に思っているが、マウントを取って相手を不快な気持ちにさせるのはダメだ。

ただ単純に、オールマイティなオタクをやっていたほうが、多種多様なオタクが揃《そろ》っているクラスメイトの全員と仲良く喋ることができて楽しいのだ。

すると、これまで蚊帳の外だった慎太郎《しんたろう》が、俺に向かって鼻息荒く言ってきた。

「そんなことよりも健斗ッ！　デュエル！　デュエルしようぜッ！　俺はもう、この新しく作り上げたデッキを回したくてしょうがねぇんだよ！」

どんだけカードゲームジャンキーなんだよお前は。

ちなみに、カードゲームをやらない奴らからしたら『デッキを回す』なんて言い方はなじみがないと思うが、これはもちろんカードの束を物理的にクルクル回す……という意味ではない。

バトル中に効率よく山札からたくさんドローしたり、カードを滞りなく場に出しまくったり……要は、上手《うま》くデッキを使いこなすことを『デッキを回す』と言う。

この言い回しを使いこなせれば、カードゲーム界隈《かいわい》でちょっとだけ通ぶれるのでオススメだ。

「さあほら、早くやろうッッ!!」

慎太郎はそう言って、今度は教室の床にデッキを置いてデュエルの準備をし始めた。

全長190センチの大男が、教室の床にはいつくばってデッキをシャッフルしたりカードを並べたりしている……冷静に考えると異様な光景だ。

「ほら健斗ッ！　お前もデュエルの準備をしろッ！　俺の愛するカードたちが、早く暴れたいと心の中に話しかけてきているんだッ！　急いでくれッ！　ほらッッ!!　もう限界だ、一刻の猶予もないッッッ!!」

クスリやってんのか。

こうして俺の高校生活2年目は、お馴染《なじ》みのメンツと共に、いつものように幕を開けた。

普通の高校の常識から考えるとありえない話かも知れないが——これが工業高校における『日常』だ。

現に、教室で好き勝手カードゲームをやっている俺や慎太郎をバカにする者はどこにもいない。

休み時間中、肌身離さずプラモデルを触っている善兵衛《ぜんべえ》を気持ち悪いといじる者もどこにもいない。

何故《なぜ》なら、周りの奴らも同類、同じ穴のムジナだから。

普通科高校ならのけ者にされ笑われるような奴らが、ここでは水を得た魚のように活《い》き活《い》きと——『リア充』になって学校生活を楽しめている。


リア充の定義は難しい。


俺個人の意見としては、陰キャだって、熱中できる趣味と共通の話題で盛り上がれるオタク友達がいれば、れっきとしたリア充だと考えている。

しかもここは工業高校。ものづくりを学ぶ場所。

アニメ、漫画、ゲーム……日本には素晴らしいコンテンツが沢山あり、オタクはそれらを存分に楽しんで人生を謳歌《おうか》しているわけだが、そこから一歩踏み出して『自分も何かを作り上げたい』という想《おも》いで勉強に励むオタクが大勢いる。

そうやって毎日夢に向かって頑張るオタクが、リア充と呼べなければ一体何なのか。

だからここでは、自分がどういう人間なのかを隠さなくていい。

恥ずかしがらなくていい。

工業高校っていうのは、そういう場所なんだ。

◆　◆　◆

登校してから数十分後。

朝の会の開始を告げるチャイムが学校中に鳴り響いた。

俺たちが席に座って静かに待っていると、教室のドアがガラガラと開く。そしてそこから、一人の男性がのっそりと入室してきた。

白髪交じりの短髪頭に、豊かにたくわえられたあごひげ。

よれよれの白シャツに、首を締め付けないよう適度に緩められた赤いネクタイ。

背は低いが肩幅は広く、がっしりとしたドワーフのようなシルエット。

彼こそが俺たちのクラスを受け持つ男、夏野《なつの》慶太《けいた》先生だ。

元々はアメリカの超有名なソフトウェア開発会社でプログラマーとして働いていたが、結婚を機に日本に帰国。

それ以来、奥さんの地元であるここ長崎で教師として働いているという、少し変わった経歴の持ち主だ。

「皆おはよう！　よしよし、ちゃんと全員席についているな！　えー、引き続き今年度も担任を務めさせていただく夏野慶太だ！　よろしく頼むぞ！」

慶太先生は、俺たちが1年生の時も担任だった。

基本的にこの高校では、クラスメイトだけでなく担任も3年間ずっと同じだ。

その方が諸々《もろもろ》の引き継ぎの手間がなく、スムーズに生徒たちに合わせた教育をしていけるから、ということらしい。

理にかなったシステムである。

「よし、じゃあ朝の会を始めるぞー！」

慶太先生は、真面目を絵に描いたような真摯な人物だ。

奥さんの実家が長崎にあるから、という理由でわざわざアメリカから長崎に引っ越してきて働いているぐらいなのだから、その真面目さは相当なものだと思う。

そして慶太先生の専門教科は、もちろんプログラミング。

授業は分かりやすいし、毎回要点をおさえたプリントを配布してくれる。

理解できなかったところを質問しに行けば何十分でも付き合ってくれるので、俺は慶太先生のことを人としても教師としても尊敬していた。

「まあうちの学校はクラス替えもないから、新年度だからってわざわざここで自己紹介をする必要もないな。あ、でもここで心機一転、もう一度みんなの前で自己紹介をしたいという奴《やつ》がいたら名乗り出てくれていいぞ！　自己紹介をしようかい、なんつってな！」

「「「……」」」

とんでもない沈黙が教室内を包み込んだ。

慶太先生は頭をポリポリとかきながら「ははは……」と気まずそうに苦笑する。

先生は、よくこういう場面で皆を和ませようとダジャレを言ったりする。

一度もウケたためしがないのだからいい加減やめればいいのにと心底思うのだが、先生なりに俺たちのことを気遣ってこういう発言をしてくれているのだろう。

なんて素晴らしいんだ。

先生のギャグセンスが、愛想笑いをする気も起きないくらいつまらないのが悔やまれるところである。

先生は「コホン！」と咳《せき》ばらいをすると、真剣な表情で続けた。

「と、とりあえず我々の自己紹介の件はどうでもいいとして……今日は、皆にとても大切なお知らせがあるんだ！」

「？」

俺は思わず疑問符を浮かべた。新年度早々大切なお知らせとは何事だろうか。

「実は……ウチのクラスに、転校生が来ています！」

その言葉を聞いた途端、教室内が一斉にざわつく。

それもそのはず、工業高校に転校生が来るというパターンはかなり珍しい。

工業高校はその教育カリキュラムの特異性から、普通科の高校から転校してくるのはほぼ不可能だからな。

となると考えられるのは、他の工業高校からやって来た、というパターンか。

「それじゃ、入ってきていいぞ！」

先生が廊下の方を向いて声をかけると、ドアがゆっくりと開いた。

一体転校生はどんな人物なんだろうか？

他の工業高校から転校してきたのであれば、十中八九オタクだろうな。

しかしオタクと言っても様々だ。

鉄道オタクか？　アニメオタクか？　ロボットオタクか？

この一瞬のうちに脳みそをフル回転させて妄想をしまくっていたのだが……教室に入ってきた人物を目の当たりにして、俺は頭の中が真っ白になってしまった。

『どうせオタクが来るに違いない』という偏見を、刹那の内に過去のものにしてしまう清《せい》楚《そ》な雰囲気。

肌は陶磁器のように白く、腰までまっすぐに伸びた黒髪は艶やか。

すらりと細い華奢《きゃしゃ》な体型は、ずんぐりむっくりな慶太先生の隣に並ぶとより顕著だ。

アイドル、お姫様、あるいは天使。

どの形容もしっくりときてしまう美しい女性に、俺は思わず目を奪われた。

「それじゃ、挨拶をしてもらってもいいかな？」

先生が言うと、彼女はこちらの方をまっすぐに見据え、転校初日であるという緊張感を一切感じさせない堂々とした態度で口を開く。

「皆さん初めまして。私の名前は白鳥理恵《しらとりりえ》。翡翠《ひすい》女子高校より転校してまいりました」

その学校名を聞いて、俺は耳を疑った。

翡翠女子高校と言えば、長崎市でも有数の超お嬢様学校だ。

なぜそんなところから工業高校に転校してきたのだ？

いやそもそも、普通科の高校から工業高校への転校ってシステム的に可能なのか？

様々な疑問が渦巻く。

すると彼女――白鳥さんは、眩《まぶ》しい笑みを浮かべてこう続けた。

「皆さん！　これから、よろしくお願いいたします！」

「と、まあそういうことだから！　皆、白鳥さんと仲良くしてやってくれ！」

先生が腰に手を当てて元気よく言い放った。

『そういうことだから』と言われても、はいそうですかとすんなり受け入れられるかと言うと……かなり難しい。

今俺が白鳥さんに抱いている印象は、『可愛《かわい》らしい』が半分、『妙にミステリアス』が半分。

だが間違いなく、これだけは言える。

工業高校の新年度には、新鮮さが全くない。

俺はその考えを、即座に改めなくてはならないようだ。

俺は今、あまりにも鮮烈で衝撃的な出会いを新年度早々果たしてしまったのだから。

工業高校は、普通科の高校とは違い、工業技術の習得に主眼を置いた教育課程を編成している。

車のエンジンの仕組み。

プログラムの書き方。

電子回路の作成方法。

旋盤の扱い方。

普通科の高校であれば絶対に学ばないような技術を学ぶ、唯一無二の高校だ。

それ故、この学校に進学してくるのは一癖も二癖もある奴らばかり。

ロボットアニメに憧れ、機械工学に興味を持った者。

ゲームが大好きで、プログラミングに興味を持った者。

そういった、いわゆる『オタク』ばかりが集まる特殊な環境なのである。

そんなカオスな空間にやって来た一人の女の子、その名も白鳥理恵。

彼女の堂々とした挨拶を聞き終えた俺は、口をぽかんと開けたまま呆然《ぼうぜん》としていた。

「と、いうわけで。今日から情報工学科の一員に加わることになった白鳥さんだ。皆、仲良くするように！」

　それから彼女は先生の指示に従って、教室の一番後ろの、窓際の席に座る。

　背筋をピンと立ててお行儀よく座る彼女の姿を、俺だけでなくクラスメイトの誰もが横目でこっそりと観察していた。

「さて、それじゃあ最初に決めておきたいことがある。このクラスの学級委員長についてだ。誰か、今年度の学級委員長を務めたい者はいるか？」

　先生はそう言って、ゆっくりと教室中を見回す。

　しかし誰も挙手する生徒はいなかったので、

「よし、分かった。じゃあ健斗《けんと》！　今年度も学級委員長を頼んでもいいかな？」

と言ってきた。

「はい、大丈夫ですよ」

　俺は元気な声で返答する。

　そう、俺は1年生の時もこのクラスで学級委員長を務めていた。

　それも、押し付けられたのではなく自分から立候補して。

　何故《なぜ》学級委員長になったかと言うと、その理由はいたってシンプル……人の上に立ちたかったから。

　何事においてもトップであることを至上命題とする俺にとっては、学級委員長になることは『当然の行い』だ。

内申の点数稼ぎだとか、そういう気持ちは一切ない。

こうして滞りなく、2年生の学級委員長の座には俺がおさまった。

「よし。では本日のスケジュールについて説明するぞ。ちょうど今、体育館で1年生の子たちが入学式をしているところだ。10時になったら君たちも体育館に行って、1年生と合流してくれ。そのままの流れで始業式が始まる」

去年俺たちが入学式を行ってから、もう1年が経《た》ったのか。

月並みな表現ではあるが、時が経つのは本当に速いもんだと実感する。

「始業式開始まであと1時間あるから、それまで各自、ここで自習をしておくように。それから健斗！」

「なんですか？」

「学級委員長であるお前に早速仕事を頼みたい。始業式が始まるまでの間に、白鳥さんにうちの学校の施設を色々と案内しておいてくれないか？　悪いが、頼んだぞ」

「あ、了解です。分かりました」

おお、早速白鳥さんと仲良くなるチャンスだな。

◆　◆　◆

朝の会終了。

先生が教室を出て職員室に戻っていくと、クラスメイトたちは一斉にカバンの中からノートや筆記用具を取り出し、先生の言いつけ通り静かに自習を始めた。

こういう時にサボったり大声を上げてふざけだしたりする奴がいないのが、このクラスのすごいところだな。勉強が嫌いな奴もいるが、それでも皆根は真面目だ。

俺はゆっくりと立ち上がると、白鳥さんの席まで移動する。

「初めまして、白鳥さん。俺の名前は青木《あおき》健斗。今から白鳥さんに、この学校の案内をするよ」

人間やはり、第一印象が重要だ。

俺はにっこりと笑みを浮かべて、丁寧な口調で白鳥さんに話しかけた。

すると彼女もニコリと笑い返してきて、

「はい。よろしくお願いいたします、健斗さん」

と言う。

さすが翡翠女子高校から来ただけあって、その言葉遣いは丁寧で滑らかだ。

文字通り『住んでいる世界が違う』って感じがするな。

「それと健斗さん、私のことはぜひ『理恵』と呼んでください」

「え……いいの？」

「はい、もちろん！」

基本的に俺は、同級生のことは下の名前を呼び捨てにしている。

と言っても、お嬢様学校から転校してきた女の子をいきなり呼び捨てにするのも少しはばかられるが……まあ、呼び捨てで呼んだ方が距離も早く縮まるだろう。

ここはお言葉に甘えて、白鳥さん……ではなく理恵と呼ばせてもらうか。

俺がそんなことを考えていると、いきなり一人の女子が会話に割り込んできた。

「おい健斗～！　アタシも交ぜろよ～！」

「え⁉」

隣を見てみると、そこに立っていたのは派手なピンク色の髪をした女子生徒。

紹介しよう、彼女の名前は胡桃《くるみ》愛菜《あいな》。

真面目な生徒ばかりのこのクラスで唯一と言っていい、アウトローなギャルの見た目をした生徒だ。

ピンクに染めた髪はもちろんのこと、スカートは既定の長さよりもずっと短いし、爪は派手な色のネイルがべったりと塗られている。

染髪もネイルも校則的には普通にアウトなのだが、彼女はそんなことはお構いなしにこの恰好《かっこう》をしているのだ。

まさに『オタク』という概念の対極に位置しているかのような女性である。

だが読者諸君には安心して欲しい。

彼女もばっちり、ゴリゴリのオタクだ。

「アタシの名前は胡桃愛菜！　よろしくね、理恵っち！　あ、理恵っちって呼ぶけどいいよねー！」

愛菜は机に寄りかかり、理恵に顔をグイッと近づけながら言った。

「え、ええ、いいですけど……」

おいやめろよ、理恵がビビってるじゃねぇか。

綺麗《きれい》に整った顔が露骨にひきつってるぞ。

「ねえねえ！　理恵っちはさ、ユーライブとか見るー？」

「ユーライブ……ですか？」

「え、ユーライブ知らないの!?　日本最大の動画配信サイトだよー！」

「す、すいません……私、インターネットには疎くって……」

「えー、それじゃこのクラスでやっていけないよ!?　ここはインターネット依存症の激ヤバ人間のたまり場なんだからぁ～！」

何つー言い草だ。

いやまあ、否定はできないのだが。

「じゃあこれを機会にさ、Vライバーとか見始めたら？　アタシがオススメのVライバーを何人か教えてあげるからー！」

そう。愛菜はこう見えてVライバーオタクなのである。

Vライバーとは『Virtualライバー』の略で、動画配信サイトであるユーライブなどを拠点として、ゲーム実況や雑談の配信を行っている人々のことだ。

しかもただ配信しているわけではなく、彼ら、彼女らは2Dや3Dで描画されたキャラクターを自分のアバターとして用いて配信している。

要するに、配信者各々が独自の設定を持ったバーチャルキャラクターとなっている、とでも言えばいいのだろうか。

「で、ではぜひ今度、教えてください」

「オッケー！」

愛菜は可愛らしくウインクをした。

彼女はこのVライバーに異常なほどハマっていて、家に帰ったらずっと推しのライバーたちの配信を見て回っているらしい。

しかもこいつは推しへの『愛』が強すぎるあまり、配信のコメント欄におじさんのようなセクハラコメントを連投してしまったことで、某匿名掲示板で危険人物扱いされている。

以前愛菜が俺に『ねえねえ健斗！　アタシが今い――っちばん推してる忍者系Vライ

バー、はやぶさ忍子《にんこ》ちゃんに送ったコメントが『ヤバすぎる』って匿名掲示板で晒《さら》されてるんだけどー！　ひどくなーい!?』と言いながら該当のコメントを見せてきたのだが、

『忍子ちゅわ～～～ん、今日も可愛《かわい》すぎ！♡　何色のパンツ穿《は》いてるの？♡　あ、忍子ちゃんは忍者だからふんどしかぁ～～～～～!!♡』

『一句詠みます。忍子ちゃん　いつも配信　ありがとう　お礼のチューを　沢山したい』

『忍子ちゃん。この間、忍子ちゃん宛てに直筆のファンレターを書いて忍子ちゃんの事務所に送ったんだけど、もう読んでくれたかな？　私、本気で忍子ちゃんとなら結婚していいと思ってる。あなたの苗字《みようじ》が欲しいの。早くお返事ちょうだい♡』

といった、そりゃあ匿名掲示板で晒されるのもやむなしだろ、な感じの痛すぎる文章ばかりだった。

それに対する匿名掲示板の住人たちの反応も『これなんかのコピペ？』『こわ』『これだからVライバーのオタクは……』とドン引きの様相を呈していた。

一見陽キャギャルのように見える愛菜だが、その実中身はクレイジーサイコオタクなの

だ。

近い将来、れっきとした犯罪をやらかして捕まるんじゃないかと危惧している。

「じゃあ、本題に戻るけど……俺は今から、理恵《りえ》に学校の施設を見せて回ってくるから」

「おう！　アタシも行くわ！」

愛菜は元気よく言ってきた。

「は？　なんでだよ」

「だって教室で自習とかつまんないじゃーん！　付いて行っていいよね、理恵っち！」

「はい、私は構いませんけど……」

「ま、まあ理恵がそう言うなら……」

こうして俺は、何故か愛菜と一緒に理恵に校内を案内することとなった。

◆　◆　◆

長崎県立出島工業高校。

長崎の市街地のど真ん中に位置するこの高校は、大まかに分けると教室棟、実習棟、体育館という3つの建物で構成されている。

この実習棟は、工業高校ならではの建物だ。

3階建てになっていて、1階に機械実習ルーム、2階に建築実習ルームと電気実習ルーム、3階にパソコン実習ルームと化学実習ルームがある。

俺はまず、二人を引き連れて実習棟1階の機械ルームにやって来た。

ドアを開けて広々とした室内に入ると、油と鉄くずが交ざり合ったようなにおいが鼻をついてくる。

ハンドルやドリルのついた大きな箱形の機械が、所狭しと並べられていた。

「ここが機械実習ルーム。旋盤とかボール盤とか、そういう大型の工作機械が置かれている場所なんだ」

「そうなんですね……」

呟《つぶや》きながら、部屋をゆっくりと見回す理恵。

まるで町工場のような雰囲気をしたこの空間に、少しだけ驚いているようだ。

まあ、普通科の高校では絶対にお目にかかることができない場所だからな。

今は俺たちのほかに誰もいないので静かなものだが、機械科が実習の授業で使っている際は鉄の削れる甲高い音が頻繁に響いている。

「流石《さすが》は工業高校ですね。授業の一環で、こういう機械の扱い方を学ぶ……ということですよね？」

「いやいや、アタシらがここを使うことはまずないと思うよ」

愛菜が口をはさんできた。

「ここを使うのは、もっぱら機械科の人たちだからね！」

「そういうこと。俺たちの専門はソフトウェア関係。旋盤やボール盤の扱い方を学んだりはしないよ」

すると理恵は、眉をひそめて首を小さく傾《かし》げた。動作の一つひとつがやけに上品で可愛らしい。

「すみません、そもそも『ソフトウェア』とは……一体何なのでしょうか……？」

「え!?」

こんな基本的なことも知らないのか!?　と思わず言いかけたが、冷静に考えてみれば彼女は今まで普通科の高校に通っていた生徒。

知らなくてもおかしくはないか。

すると愛菜が、腰に手を当てながら単刀直入に切り出した。

「ソフトウェアって言葉も知らないってことはさ。理恵っちはそこまで情報工学に興味がない……ってことだよね？　じゃあ理恵っちは、なんでわざわざこの工業高校に転校してきたの？」

こういう話題はちょっとデリケートな部分なので、正直いきなり聞くのもどうかとは思うが……気になるところではあるな。

しかも前の高校は、『超』が付くほどのお嬢様学校であるあの翡翠《ひすい》女子高校。

一体、何があったらそこから工業高校に転校なんてことになるんだ？

普通科の高校への転校ならまだ分かるが……ここは工業高校だぞ。

「まあ、それは……一身上の都合……という奴《やつ》でしょうか……」

理恵はやんわりと微笑《ほほえ》みながら答えた。

「えーっ！　教えてよ教えてよ～!!　投げ銭するからさ～!!」

そう言ってスカートのポケットからピンクの財布を取り出す愛菜。

「1万円投げ銭したら赤スパになるから、デリケートな秘密も教えてくれたりする～？」

「やめんか」

俺は1万円札を手渡そうとする愛菜を制止した。理恵は困惑顔である。

「あ……『あかすぱ』……？　何ですかそれ……？」

すると愛菜は得意顔でこう言った。

「えっ、理恵っち知らないの～!?　オタクたちの世界では、人に何か質問をする時は、そのまま普通に聞いても目立たなくてスルーされちゃうから、投げ銭をしてから質問をするんだゾ！　で、高額投げ銭は赤スパになるから絶対にスルーされない！　聞きたいことがちゃんと聞けるの！」

「な、なるほど……奥が深い世界なんですね……」

感心したように何度かうなずく理恵。

投げ銭というのは、配信者にリスナーがお金を与えることだ。

最近ではどこのライブ配信サイトでもこの投げ銭ができる機能が搭載されており、それこそ人気のVライバーであればリスナーからの投げ銭だけで生活できるぐらい稼げるという話を聞いたことがある。

が、これだけはハッキリと言っておかなくてはならない。

「現実とVライバーの配信をごっちゃにするな！」

俺は万札を握りしめる愛菜《あいな》の頭を軽くチョップした。

「あいてっ！」

「理恵も、今の愛菜の話は全部忘れてくれ」

「えっ……じゃあその『投げ銭』や『あかすぱ』のお話は嘘《うそ》だったんですか!?」

驚愕《きょうがく》したように目を見開く理恵。なんで信じちゃうんだよ。

「嘘じゃないよ理恵っち！」

嘘だろ。

「投げ銭と赤スパっていうのは、人と人とを繋《つな》ぐ大切な信頼の証《あかし》なんだよ！」

だいぶ大きく出たな。

そこら辺の考えは人それぞれなのでとやかく言うつもりはないが、あまり大きな声で言わない方が良いと思うぞ。

　これ以上この話を続けると猛烈な頭痛に襲われてしまう気がしたので、俺は「じゃ、次の部屋行こうか」と無理やり言って機械実習ルームを後にした。

◆　◆　◆

　それから俺は、加工用の木材が大量に置かれた建築実習ルームや中身がよく分からない化学薬品が棚に陳列されている化学実習ルーム、そして俺たち情報工学科が主に利用するパソコン実習ルームなどの紹介を手短に行った。

　ひとまず、学校の施設の案内はこれぐらいでいいだろうか。

「まあ、最初の内は色々と迷ったりすると思うから、分からないことがあったら俺に何でも聞いてよ」

　教室へと戻る道すがらそう言うと、理恵はまばゆい笑みを浮かべて
「はい、分かりました！　ありがとうございました、健斗《けんと》さん！」

と返してくる。

　上品な笑顔、そして美しい言葉遣い。

　まさしくアニメの中からそのまま引っ張ってきた優等生って感じの女の子だな。ますま

すこの工業高校の雰囲気とは不釣り合いだ。

「どうよ、理恵っち！　この学校で上手《うま》いことやっていけそう？」

愛菜はそう言いながら、理恵に抱き着いた。

「きゃっ！」

突然のハグに驚く理恵。

相変わらず、愛菜は人との距離の詰め方が大胆だな。

出会って一日目の相手にいきなり抱き着くか？　普通。

「は、はい！　頑張って、皆さんと仲良くなれるようにします！」

理恵がスーパー優等生な返答をすると、それを聞いた愛菜が吹き出した。

「真面目すぎ真面目すぎ！　あんまり気負っちゃ駄目だよ、理恵っち！」

お前は気負わなすぎだ。

愛菜はとにかく人との距離感が近いし、男女問わずボディタッチをしまくるタイプの奴である。

そのせいで1年生の最初の頃なんかは、クラス内で愛菜に恋をしてしまう男子が急増した。

工業高校に来るオタク男子たちは女の子への耐性がないので、少しでも触られるとすぐに好かれていると勘違いして惚《ほ》れてしまう、デリケートな生き物なのである。

まあ、それからすぐに彼女が『度を越してイカれたオタク』であることが判明し、惚れていた奴らは皆スッと正気に戻っちまったわけだが。

◆　◆　◆

教室に戻ってからすぐに、俺たち2年生と3年生の生徒は始業式のために体育館へ向かった。

そこでは、つい先程入学式を終えたばかりの1年生たちが『気を付け』の姿勢をしたまま整列して待っていた。

皆どことなく緊張していて、工業高校でのこれからの生活に不安と期待を半分ずつ持っています……って感じの顔つきをしている。

1年前は俺があっち側にいたわけだが、今では余裕の先輩風を吹かせながら歩けるようになった。

とはいえ俺は帰宅部なので、これからも彼ら1年生と接点を持つことはないわけだが。

それから、校長先生の長くて退屈でありがたいお話を聞いてから、俺たちは教室に戻った。

そこで慶太《けいた》先生から明日のスケジュールなどを説明されて、解散。

今日は始業式だけで授業はないので、このままもう帰ってもいい。

ふと教室の時計を見てみると、針は午前11時30分を指し示していた。

腹が減ったな。せっかくだし、家に帰る前にどこかでお昼ご飯を食べるか。

そんなことを考えながら帰り支度をしていると、横から豪快な足音を響かせながら走り寄ってきた慎太郎《しんたろう》が、俺の肩をバンバン！　と叩《たた》いた。

「いてぇよ！」

「おい健斗！　メシだメシ！　一緒に食うぞメシ！　おい！　メシ食うぞ！　ほら！　おい！　メシメシメシメシメシッッッッ!!」

「うるせぇって！」

説明しよう。

慎太郎は育ち盛りの大食漢なので、この時間帯になると空腹のせいか頭が完全におかしくなり、食事のことしか考えられなくなるのだ。

もうこの状態になった慎太郎は手が付けられない。

「ほら、早くメシ食いに行こうぜッ！」

「いいけど……どこで食う？」

さっきも言ったが、この高校は長崎の市街地のど真ん中にある。

校内を出ればいたるところにお店があるし、少し足を延ばして10分ほど歩けば、長崎の中華街にも行ける。

日本三大中華街の1つ、長崎新地中華街。

横浜や神戸の中華街に比べると、規模こそ小さいが歴史は最も古い場所だ。

江戸時代の鎖国政策時代、長崎の港は中国との貿易が特別に認められており、当時多くの中国人が長崎市内に住んでいた。

そんな彼らが作り上げた中華街は今でも長崎の有名観光地の筆頭であり、絶品の中華料理をこれでもかと堪能することができる。

屋台で売られている角煮まんじゅうや様々な揚げ菓子はおやつに最適で、リーズナブルなお値段なので高校生のお財布にも優しい。

お、そんなことを考えていたら猛烈に角煮まんじゅうが食いたくなってきたな。

「よっしゃ、中華街行くか？」

しかし慎太郎は俺の意見がお気に召さなかったようで、顔を真っ赤にして叫びだした。

「俺はもう餓死寸前！　中華街まで我慢できない！　ここの食堂で食うぞッッ!!」

「あーもう、分かったから！　いちいち叫ぶなよ……あ、そうだ」

「ん、なんだッ!?」

俺はちょうど帰ろうとしていた理恵《りえ》を「おーい！」と呼び止めると、

「なぁ、理恵！　今から食堂にご飯食べに行こうと思うんだけど、一緒にどう？」

と誘った。

すると彼女はうれしそうに笑みを浮かべる。

「いいんですか？　ぜひ、ご一緒させていただきます！」

うーむ、清楚《せいそ》で可憐《かれん》。素晴らしい笑顔だ。

「小生もご一緒してよろしいですかな？」

「お、私も私も！」

そう言いながら俺の隣にやって来たのは善兵衛《ぜんべえ》と心晴《こはる》。

慎太郎は腰に手を当ててこう答えた。

「もちろん大歓迎だぜッ！　メシは皆で食った方が美味《うま》いからなッ！」

さらに心晴は、教室の後ろで一人席に座って本を読んでいた女の子の方を向いて口を開く。

「ほーら、奈央《なお》！　あんたも一緒に食堂行くよー！」

心晴が呼びかけると、その女の子は驚き顔で本から顔を上げた。

「えっ、わ、私も!?　い、いいの!?」

「ああ、当然だ！」

俺はうなずく。

彼女の名前は井黒《いぐろ》奈央。

いつも席に座ってライトノベルを読んでいる内気な少女で、心晴とは中学の頃からの親友らしい。

髪は少し茶色がかった黒で、それを肩のあたりまで伸ばしている。

頰のあたりに少しそばかすがあり、いかにも地味で目立たない女の子……といったイメージだ。

心晴曰《いわ》く、彼女は中学生の頃は今よりもずっと内気で、人とまともに話すことも出来ないぐらいだったらしい。

ただこの工業高校に来てからは、周りが自分と同じオタクばかりだったこともあり、すぐに打ち解けて内向的な性格も多少は緩和されたそうだ。

俺もよく奈央と話すが、最初はぎこちなくともアニメの話になるとすぐにギアが上がって、普段からは考えられないぐらい明るい調子になる。

そのギャップがなんだか可愛《かわい》らしい女の子だ。

ちょうどその時、俺たちのすぐ横を、帰り支度を済ませた愛菜が通り過ぎていった。

「お、愛菜も一緒に食堂行かねぇか？」

俺は愛菜の背中にそう声をかけたが、彼女は一切振り返ることなく

「推してるライバーの放送があるからアタシは急いで帰る！」

とだけ言い残し、脱兎《だつと》の如《ごと》き速さで教室を出ていく。

「うーむ、愛菜《あいな》殿は流石《さすが》のメンタルですな……」

善兵衛は腕を組みながら、険しい表情で言った。

「ん、何がだ？」

「いや、だって……愛菜殿はライバーの放送に書き込んだ自分のコメントを匿名掲示板で晒《さら》されたことがあるのですぞ!? そんな悲惨な事件があってもなおVライバーを推し続けることができるとは……小生だったら、絶対に心が折れてしまいますぞ！」

「まああいつはただ単にデリカシーがないっていうか、バカなだけなんだと思うぞッ！」

慎太郎がそう返しつつ「ガハハッ！」と笑う。

お前もデリカシーのなさに関してはどっこいだろ。

◆　◆　◆

教室棟1階の最奥に、広々とした食堂がある。

俺、慎太郎、善兵衛、心晴、奈央、そして理恵の計6人で足を運んでみると、1年生たちが行列をなして並んでいた。

「うっひゃー、たくさんいるねー！」

目の前の人の群れを眺めながら、驚きの声を上げる心晴。

「まあ学校初日だからな、物珍しさで食堂を使うんだろ」

どうせあと2か月もすれば落ち着くはずだ。

俺はポケットから財布を取り出しながら、食券機のメニューを見た。

カレー400円。カツカレー600円。うどん300円。そば300円。

その他にも色々とメニューはあるが、俺は500円玉を食券機に投入し、迷わずちゃんぽんのボタンを押した。

ちゃんぽん。

言わずと知れた長崎のソウルフードである。

鶏《とり》ガラベースの白濁スープにもちもちとした太い中華麺と豚肉、薄切りのかまぼこ、そしてキャベツやネギなどの様々な野菜を豪快にぶち込んだ郷土料理だ。

食堂での値段はきっかり500円。

俺は生まれも育ちも長崎という生粋の長崎っ子ではあるが、じゃあちゃんぽんが大好きなのか？　と聞かれるとぶっちゃけ『まあまあ』って感じである。

正直同じ麺料理なら、脂がギトギトのこってりとした博多ラーメンの方が圧倒的に好きだし。

ただ、この食堂で食べられるメニューの中ではちゃんぽんが一番効率良く野菜を取れるので、ここに来た際は積極的に頼むようにしている。

食券を持ったら行列に並び、ひたすら待つ。

もちろんこの時間も無駄にはしない。

スマホを片手に『シカ娘』をプレイし、とにかくシカ娘たちを育成する。

学内最強のソシャゲプレイヤーの座を手にするためには、絶対に妥協は許されないのである。

それから5分後。

カウンターで注文した料理を受け取った俺たちは、食堂の奥の方にあるテーブルに陣取って座った。

「よっしゃッ！　食うぞ食うぞ食うぞ――――ッッ!!」

もはやマジもんのゴリラレベルまで知能が下がってしまっている慎太郎の前にあるのは、大盛りのカツカレー。

昼間からよくこんなもん食えるな、と感心してしまうが、慎太郎にかかればものの数分でぺろりと完食してしまう。

「おっしゃー！　午後からハードな走り込みだから、私もいっぱい食べてスタミナ付けるぞ～！」

心晴も慎太郎の隣ではしゃいでいた。彼女が頼んだメニューは、これまたボリューム満点のチキン南蛮丼。

丼ご飯の上にからっと揚げられた鶏肉と甘辛い黒酢のたれ、そしてタルタルソースがたっぷりとかかっている人気メニューである。

「奈央たちは何頼んだの？」

「わ、私たちはうどんを……」

奈央、善兵衛、理恵の3人が購入したのはうどん。

あごだしで作られたスープが絶品の一杯だ。

ちなみにこの『あごだし』、聞いたところによると九州以外ではあまり使われないらしい。

『あご』とは九州の方言でトビウオを意味するのだが、特に長崎はトビウオの名産地。

そのため長崎では、トビウオから取っただしである『あごだし』は、昔からうどんだけでなくみそ汁やおでんなどにも頻繁に使われている。

カツオや昆布で取っただしに比べると、深い旨味《うまみ》の中にスッキリとした甘さがあるのが特徴的だ。

「いただきます」

両手を合わせてからそう言い、うどんをすすり始める理恵。

流石は超お嬢様学校から来ただけあって、『ズズズッ！』みたいな音をたてることなく、ツルツルとうどんをすすっていた。

そもそも日本ではうどんやそばをすする時にはあえて大きな音を立てて食べるのが粋だ、という風潮があるのだが、グローバル化が進んで行く中でその風潮も変わりつつある。

だから理恵も、音を立てないですするよう学校や家で教えられてきたのかも知れない。

「で、味はどう？」

学校の食堂のうどん。

これでもかというほど『庶民の味』なわけだが、果たして彼女の口に合うのだろうか？

そう思った俺が聞いてみると、理恵はカッと目を見開いて
「とても美味《おい》しいです！」

と答えた。

それを聞いた心晴がうれしそうに笑う。

「いやー、それは良かった！　あ、そう言えば自己紹介がまだだったね！　私の名前は黄《き》田《だ》心晴！　部活は陸上やってる！」

「俺は赤池慎太郎《あかいけしんたろう》ッ！　卓球部ッ！」

「小生は緑川《みどりかわ》善兵衛。電子工作部に所属しておりますぞ」

「あっ、私は井黒奈央……料理部に所属してます……」

各々が自己紹介をすると、理恵はニッコリと微笑《ほほえ》んだ。そしてゆっくりと椅子から立ち上がり、スカートの端をちょん、と摘《つ》まみ上げて会釈する。

何やってんの？

「この度はお昼の会食にお誘いいただき、誠にありがとうございます。改めて自己紹介を。私の名前は白鳥理恵《しらとりりえ》でございます」

「おお、お嬢様あいさつだ……ッッ!!」

「お昼の会食って……」

「小生、こんなあいさつアニメでしか見たことがありませんぞ！」

慎太郎と心晴と善兵衛が驚愕《きょうがく》に目を丸くし、どよめいた。

周りに座っていた他の生徒たちも、何が起こったのだと理恵の方を好奇の目で見つめている。

は、恥ずかしすぎる……。

それから理恵が何事もなかったように平然と席に座ると、心晴が「ていうかさ」と切り出した。

「理恵のこととか、翡翠《ひすい》女子高校のこととか、私たちにいっぱい教えてよ！」

「心晴の言う通りだッ！　なあ理恵、翡翠女子高校にも食堂とかあるのかッ？」

カツカレーをガツガツと食らいながら尋ねる慎太郎。

「ええ、ありますよ。ここのような食券制ではなくって、フルコース制でした」

「スッゲーッ！」

「席に座ると、食堂専属の執事の方々が3人ほど出てきて、料理を運んでくれるんです」

「スッゲ――ッッ!!」

すると、ここまで静観していた奈央《なお》が気恥ずかしそうに手を挙げた。

「ち、ちなみに……執事の人たちの名前ってどんな感じだったんですか……?」

「名前、ですか……?」

理恵は頬に手を当てて考える。

「そう言えば、全員『セバスチャン』でしたね」

それを聞いた奈央が、いつになく顔を赤らめて興奮した。

「うっひゃ――――!　やっぱり執事って皆セバスチャンなんだ――――!!　上がる――――!!」

「な、なんでそこでそんなに興奮するんだ……?　確かに面白いけど……」

奈央はいつも物静かだが、よく分からない所でエンジンがフルスロットルになる。俺は思わず首を傾《かし》げた。

「なんかよく分かんないけど、奈央は今『ドMなお嬢様の主人公がドSな執事に色々となぶられる』的な内容のエッチな漫画にはまってるらしいよ。夢小説も書いてるんだって」

チキン南蛮丼を食べながら言う心晴《こはる》。へー、そうなのか。

「ちょ、ちょっと心晴ちゃん!!!!　夢小説書いてることだけは内緒にしてって言ったじゃん！！！！」

怒髪天を衝《つ》く勢いで怒りながら、椅子からガバッと立ち上がる奈央。今までに無い程ブチぎれていた。

対する心晴はめんどくさそうに笑いながら、

「恥ずかしがらなくて良いって、奈央！　夢小説の執筆なんか工業高校のオタクなら一度はやってんだから！」

と返す。

「そ、そうなの!?」

「その通りですぞ奈央殿。小生はプラモデルを改造してオリジナルの機体を作り出し、その機体の設定を考え、そしてその機体が登場する二次創作小説を執筆します！　プラモデルは作るだけでなく、色々とその機体に付随する設定やストーリーを考えるのもまた魅力なのですぞ！」

「あたしも昔、格ゲーキャラたちがくんずほぐれつする小説書いてたよ」

善兵衛《ぜんべえ》と心晴が口々に答える。

「そ、そうなんだ……」

奈央が、少しほっとしたような表情で椅子に座る。

この一連の会話、異質すぎるだろ。

そして、今度は慎太郎の方を向いて
「慎太郎君も、そういう小説を書いたことがあるの？」

と話を振った。

すると慎太郎が深く息を吸い、満面の笑みで口を開く。

「よくぞ聞いてくれたッ！　実は俺は今、リアルタイムで超傑作小説を執筆中なんだよッッ!!」

「え!?　そうなの!?」

奈央が驚愕した。

「ズバリ、タイトルは『最強のカードゲーマーである俺が異世界に転生したら、カードゲームの知識を活《い》かして余裕で無双できてしまった件』だッ！」

地雷臭しかしないタイトルだな。

「もう少しで完成するから、その時はぜひ読んでくれッッ!!」

「うんうん！　絶対読むよ！」

明るい笑顔で答える奈央。

「やめとけって奈央。どうせ駄作だぞ」

「ムッ！　おい健斗《けんと》ッ！　人が頑張って執筆してる小説にケチつけるなんて、最低だぞッッ!!」

「だってお前、去年も『カードゲームじか取り柄のない俺、勇者に見限られてパーティーから外されるもカードゲームの知識を活かして余裕で復讐《ふくしゅう》できてしまった件』みたいなタイトルの小説書いてただろ。無理やり読ませてきたけど、あれ普通につまんなかったぞ」

「ふざけんじゃねぇぞ健斗ッッッッッ!! 俺の高尚な純文学を笑うんじゃやねえッッッッッ!!」

顔を真っ赤にしてブチギレる慎太郎。お前はあれを純文学だと認識して執筆していたのかよ。

キレた慎太郎を「まあまあ」と言ってなだめていると、ちょうどその時、理恵が口元に手を当てて笑いだした。

「ウフフ……」

「ん、どうした?」

俺が聞くと、彼女は笑顔でこう答える。

「皆さん、とても楽しそうでいいですね。漫画とか、その、ラノベ? とか、そういった共通の話題があるから仲がいいんですよね」

「ええ、まあ小生たちは俗に言うオタクですから」

メガネをスチャリと上げながら返す終身名誉オタク・善兵衛。メガネが天井の照明を反射してキラリと光った。

自分たちがオタクであるということをここまでかっこよく言える男もそうはいない。

「理恵はさ、なんかそういう趣味的なのないの？」

いつの間にかチキン南蛮丼を綺麗《きれい》に平らげていた心晴が、テーブルに身を乗り出して尋ねた。

「う～ん、私はそういう趣味のようなものは特に……しいて言えば、紅茶を飲むことぐらいですかね……？」

「うっひゃ～、オシャレ！　私なんか飲み物はエナドリしか飲んだことないよ！」

なんとなくゲーマーはエナジードリンクばっか飲んでいるイメージがあるが、にしても心晴は極端だな。

「エナドリ飲んで集中力ガンガンにあげると、数フレームの隙しかない相手の攻撃にもしっかり対空昇竜差し込めるんだよね」

「それは普通にプラシーボじゃねぇか？」

俺が頬杖《ほおづえ》をつきながら突っ込むと、心晴はエヘン、と自慢げに胸を張った。

「分かってないな～。勝負の世界ではそういう『思い込み』も大事な要素の一つなの！　格ゲーも陸上も一緒！」

なるほど、そういうものなのか。まあ調子に乗って飲みすぎなければエナジードリンクも良薬なんだろう。

「じゃあさ、白鳥さんも何かアニメとか見てみたら？」

奈央が言った。理恵は艶やかな黒髪を揺らしながらうなずき、

「アニメ……そうですね！　私も皆さんともっと仲良くなりたいですから、アニメを見ます！」

と答える。

それを聞いた奈央が、突然「はわぁ～！」ととろけるような声を出した。何事だ？

「良い！　今の言葉、なんかすごく萌《も》えた！　グッと来た！」

そして彼女は、おもむろに理恵の両手を握る。

「私たちとの友情のためにアニメを見る……その献身的な感じ、私感動しちゃうな～！」

どうやらまた、奈央に変なエンジンがかかったらしい。

まあ確かに、今の理恵の優しい言葉には俺もうれしくなったが。

「私も白鳥さんともっと仲良くなりたいから、これから毎日紅茶飲むね！　オススメの紅茶があったらいつでも教えて！」

「ええ、もちろんです！　井黒《いぐろ》さん！」

「奈央でいいよ！」

「はい、奈央さん！　それと奈央さんも、ぜひ私のことは『理恵』って呼んで下さい！」

理恵が可憐《かれん》に微笑む。

その笑顔を見た奈央が、また「はわぁ～！」と声を上げた。

奈央はああ見えて割と少女趣味というか、可愛《かわい》いものには目がない感じの女の子だからな。理恵に骨抜きにされるのも当然と言えば当然か。

「そうだ！　今度、私が書いた小説読んでよ！　理恵ちゃんの意見とか聞きたいな！」

「良いですよ！」

手をつないだまま、仲睦《むつ》まじく話す奈央と理恵。

善兵衛がボソリと「百合《ゆり》の波動を感じますぞ……！」と呟《つぶや》いた。うむ、同感だ。

やはり女の子二人が親睦を深めていく様を少し離れた位置から眺めているのは気分がいい。

すると慎太郎《しんたろう》が満面の笑みで、

「おいッッ!!　俺の『最強のカードゲーマーである俺が異世界に転生したら、カードゲームの知識を活かして余裕で無双できてしまった件』もちゃんと読んでくれよなッッ!!」

と口をはさんだ。

おい、麗しい少女二人の会話にゴリラが割り込むんじゃねぇよ。

◆　◆　◆

翌日、4月2日。

「青髪で巨乳の先輩だッ！」

「いいや、小生はメカ娘だと思いますぞ！」

「青髪で巨乳の先輩だッッ!!」

「いいや、小生はメカ娘だと思いますぞ！！！！」

俺が登校して教室に入ると、慎太郎と善兵衛が顔を真っ赤にして言い争っていた。

「……何やってんだ？　お前ら」

どうせ大した内容じゃないんだろうと思いながら聞く。

すると慎太郎が俺の方を向いて答えた。

「『ギャルゲーとかハーレム系のラブコメとかで、絶対に主人公と結ばれることはないんだろうけど、それはそれとして正ヒロインよりも人気が出るしSNSでファンアートが手堅くバズりがちなキャラ選手権』をやっていたんだッッ!!」

ほら、本当に大した内容じゃなかった。

「青髪ッ！　そして巨乳ッ！　特徴が分かりやすいおかげでファンアートも描きやすいし、とりあえずおっぱいを大きくしておけば手堅くバズるに決まってるだろッ！　SNS上のオタクは皆ちょろいんだからッッ!!」

拳を握りしめて物すごい熱量で力説する慎太郎。

どんな偏見だよ。

「いえいえ、ここはやはりメカ娘こそが至高ですぞ！」

対する善兵衛も譲らない。

「見た目は普通の美少女だけど、ダメージを受けて服が破れた瞬間に機械化した肌が露出し、サイボーグであることがばれる！　俗に言うこの『メカバレ』のシチュエーションに勝る興奮は他にありませんぞ！」

そもそもメカ娘が登場するギャルゲーやラブコメって時点で数はだいぶ絞られると思うんだが。

「あるいは、見た目からして完璧にロボットでもよろしいですぞ！　武骨なデザインをしておきながら、心の中……すなわちＡＩはめちゃくちゃ乙女チックだったりしたら萌えるではありませんか！」

「ちょ、ちょっとそれはマニアック過ぎないか……？」

俺が困惑しながらそう言うと、善兵衛は待ってましたと言わんばかりにメガネをクイッと上げ、フフフと不気味に笑った。

「そこなのですよ！　健斗殿！　メカ娘という性癖はマニアック！　ニッチであるがゆえに供給は少ないながら根強いファンが多い！　だからこそ！　ＳＮＳ上でファンアートを描けば、流行に左右されることなくどんな時でも手堅くバズるのです！」

そ、そういうものなのか。

「お前はどう思うッ!? 健斗ッ!」

鼻息荒く聞いてくる慎太郎。

「え、俺か? うーん……」

俺はあごをさすって考え、そして答えた。

「俺は主人公の妹ポジションの奴《やつ》だと思う。つい最近まで普通に血のつながった兄妹だと思っていたけど、実は家庭の複雑な事情で血がつながっていなかったことがひょんなことから判明して、『え、じゃあ俺たち愛し合っても全然問題ないんじゃないか!?』とお互いにどぎまぎしちゃう、みたいな関係性が一番好きだ」

「早口で長文をべらべら喋《しゃべ》ってんじゃねぇよこのクソキモロリコンがッッ!!」

慎太郎がヘッドロックをかましてくる。理不尽すぎるだろ。

「健斗殿、流石《さすが》にその性癖は歪《ゆが》みすぎだと思いますぞ!」

お前にだけは言われたくねぇよ善兵衛《ぜんべえ》。

するとその時、教室のドアが開いて理恵《りえ》が入ってきた。

カバンを両手で前に持ち、ゆったりとした足取りで歩いてくるその姿は、流石お嬢様であると感銘を受けずにはいられない。

「ごきげんよう、健斗さん、慎太郎さん、善兵衛さん」

理恵は、俺たちの姿を見るや否やカバンを床に置くと、スカートの端を軽くつまみ、深々とお辞儀をしてきた。

そう言えば、翡翠《ひすい》女子高校のような超お嬢様学校では、朝の挨拶は『おはよう』ではなく『ごきげんよう』と言うように厳しくしつけられていると聞いたことがあるが……あの話は本当だったようだ。

「ご、ごきげんよう……」

「おはようッ！」

「これはこれはご丁寧に。おはようございます、理恵殿」

俺たちはそれまでの議論をきれいさっぱり忘れ、襟を正して挨拶を返す。

それにしても、教室に入って来ただけでそれまで室内に充満していた『オタク・アトモスフィア』を完全に打ち払ってしまうとは、理恵はすさまじい清楚《せいそ》オーラの持ち主だな。

この世の宝だと言っても過言ではないほど美しい彼女と相対していると、さっきまで『ギャルゲーとかハーレム系のラブコメとかで、絶対に主人公と結ばれることはないんだろうけど、それはそれとして正ヒロインよりも人気が出るしSNSでファンアートが手堅くバズりがちなキャラ選手権』をやっていた俺たちがいかに愚かで矮小《わいしょう》な生き物であったかを実感させられてしまう。

すると理恵は、突然微笑《ほほえ》んで

「皆さん、実は私もアニメをたくさん見てきたんですよ！」

と切り出してきた。思わず耳を疑った様子の慎太郎。

「ええッッッ！？！？　理恵が……あ、アニメをッ！？！？　あの『アニメ』を見たのかッッ！？！？　えっ……体は何ともないのかッッ？？？」

どんなリアクションだよ。

別にアニメはオタクだけが見るものでもないだろ……というか体に支障が出るわけないだろ……と思いつつも、まあ俺も意外だ。

昨日、理恵は食堂で『私も皆さんともっと仲良くなりたいですから、アニメを見ます！』と言っていたが、社交辞令だろうと受け取っていた。

しかし、まさか本当に見てくるとは……彼女のその歩み寄る姿勢というか優しさに、正直オタク心がキュンとしてしまうな。

これがトキメキってやつなのか。

お嬢様育ちの女の子はオタク趣味には偏見を持っているんじゃないかと思っていたが、どうやら偏見を持っていたのはこっちらしい。素直に反省しなくては。

「ところで理恵殿、一体何のアニメを見たのですかな？　今期でしたら個人的には『96―ナインンティシックス―』『灼熱《しゃくねつ》セパタクロー』『NYORO NYORO ヘビカー』辺りがアツいと感じましたが……」

神妙な面持ちで尋ねる善兵衛。一呼吸おくと、それからマシンガンのような早口で続けた。

「特に『NYORO NYORO ヘビカー』というストップモーションアニメは今期の中でも白眉の出来栄え！　ヘビのような外観を持つ車が普及している、という独特な雰囲気の世界が舞台で、このヘビカーは羊毛フェルトで作られているのです！　その可愛らしさもさることながら、計算されつくしたストップモーションのクオリティ、ゆるい日常エピソードの中に盛り込まれた人間社会への皮肉、考察しがいのある謎の多いストーリーなどなど……小生の心を攫《つか》んで離さないのです！」

今日も善兵衛は絶好調だな。自分の好きなことについて語るとなるとすぐにこれだ。対する理恵はと言うと、ちょこんと首を傾《かし》げてこう呟く。

「今……期……？」

そうか、いきなりオタクじゃない人に『今期』なんて専門的なワードをぶつけたら困惑するのも無理ないか。

「ほら、アニメって基本的に3か月区切りで切り替わるだろ？　で、ここで言う『今期』っていうのは、4月から始まった春アニメのことを言うんだよ」

俺が補足説明を入れるが、それでもまだ理恵はしっくり来ていないらしい。

「す、すいません、よく分かりませんけれども……私が見てきたのは、『トラえもん』と

『ヤドカリさん』です」

「「ん?」」

俺たち3人は、声をそろえて疑問符を頭の上に浮かべる。

「理恵、なんて言った?」

「『トラえもん』と『ヤドカリさん』です」

「「え?」」

またしても声をそろえる俺たち。

トラえもん。

トラ型のロボットであるトラえもんが、いじめられっ子の少年・のり太を助けるために未来からやって来るという、言わずと知れた国民的アニメである。

ヤドカリさん。

これまた日本人であれば知らない人はいない国民的アニメだ。大正末期の福岡を舞台に、あわただしい日常を元気に過ごすヤドカリさん一家の活躍を描いている。

「あ、あの……私、アニメと言ったらこの2作品しか知らないんですが……」

口元に手を当て、少しあたふたした様子で言う理恵。

その言葉に、俺たちはまたしても衝撃を受けた。

今まで生きてきて、アニメを2作品しか知らない……?

この、ネットで情報がたくさん手に入る令和の時代に……？

「いや、なんていうかその……深夜アニメとかは……見てない……？」

「し、深夜アニメ……？　アニメって深夜にやっているんですか!?」

理恵が信じられないといった顔で返してきた。

「えっ、じゃあ……皆さんは、『トラえもん』や『ヤドカリさん』は見ないんですか!?」

俺たちは腕を組み、唸《うな》る。

「い、いやまあ……昔はたまーに見てたけど……」

「最近は全然見ねぇなッ！　放送時間が部活と被《かぶ》ってるしッ！」

「小生も、最近はめっきりそういう類のアニメは見なくなりましたなぁ……」

そう。

『トラえもん』も『ヤドカリさん』も、言わずと知れた日本のアニメではあるのだが……

基本的に、俺たちのようなアニメオタクがカバーする範囲ではない。

もちろん探せばトラえもんオタクやヤドカリさんオタクもたくさんいるはずだ。

しかし。

「俺たちが見て盛り上がるアニメって、ほとんど深夜枠のアニメとかだからなぁ……」

「そ、そうですな……まあ小生は、日曜の朝にやっている女児向けのアニメも見たりはするのですが……」

俺と善兵衛が難しい顔で言う。すると理恵は、がっくりとうなだれた。

「そ、そんな……私、皆さんの話題に付いて行こうと頑張ったのに……」

「い、いやいや！　理恵が落ち込む必要は全くないって！」

「その通りですぞ理恵殿！　むしろ、トラえもんやヤドカリさんという超国民的アニメを毎週チェックしていない小生たちに落ち度があると言っても過言ではありません！」

スーパーお嬢様、白鳥《しらとり》理恵。

どうやら俺は、彼女の天然っぷりというものを侮っていたようだ。

まさかこのご時世に、深夜アニメの存在すら知らないとは思ってもいなかった。

これだけアニメが市民権を得た今の時代、オタクじゃない人々だって深夜アニメの存在ぐらいは知っているものだが……理恵は、本当にそういう『俗世』とは関わりのない世界で生まれ育ったらしい。

見事に努力が空回りしてしまった理恵を慰めつつ、俺はますます彼女の素性に興味を持つようになっていた。

何故《なぜ》こんな、いかにも温室育ちといった感じの理恵が、工業高校へと転校してきたのだろうか。

第2話

その日の午後の授業は、実習授業であった。

この実習授業というものは、工業高校独自のカリキュラムである。

学科によって行う内容は様々なのだが、例えば機械科であれば旋盤やフライス盤といった工作機械を用いて物を加工するし、化学科であれば薬品を調合して実験を行う。

そしてパソコン関連全般の学問を扱うこの情報工学科では、実習授業では主にプログラミングの授業をする。

また、実習授業に参加する際は作業服に着替えなくてはならない。

これはもちろん、制服を着たままで工作機器を扱うのは非常に危険だからである。

情報工学科の実習でそういった機械を扱うことはまずないのだが、それでも慣習として実習授業に制服で参加することは許されていない。

というわけで、俺たちは昼休みの内に実習棟へと移動し、そこの更衣室で紺色の作業服に着替える。

ポリエステル１００パーセントの生地で作られたこの作業服は耐久性が非常に高く、ちょっとやそっとの衝撃では破れない。

しかし通気性が悪いのが玉《たま》に瑕《きず》で、これを着ていると体中がムワッと急激に熱くなる。

今は4月なのでそこまで不快感はないが、夏は比喩抜きで地獄だ。

実習と言ってもパソコンのキーボードをたたくだけの授業なのだから、夏の間だけは制服でもいいじゃないか、という声は毎年情報工学科の全学年から上がっている。

が、残念ながらその要望が通ったためしはない。

更衣室で、新作春アニメの話題で盛り上がりながらいそいそと作業服に着替えた俺たちは、すぐ隣にあるパソコン実習ルームに入った。

大量のパソコンが、何列かに分かれてずらりと並べられている。

授業開始のチャイムが鳴る前に、俺たちはそこに順番通り座っていった。

二人一組になって席に着くスタイルとなっており、組む相手は成績によって割り振られている。

要するに、成績が一番良い生徒は一番悪い生徒と組み、二番目に良い生徒は二番目に悪い生徒と組む……といったシステムだ。

これなら実習の最中、勉強の不得意な生徒が隣に座る相手に色々と質問できるので、スムーズに学習理解が進むというわけである。

そして何を隠そう、俺のクラス内での成績順位は——1位だ。

クラス順位だけでなく、学年順位も1位だ。

何事においても人の上に立つのが好きな俺は、勉強だって人一倍頑張り、この1位の座を常に死守しているのである。

そんな俺は、この実習授業ではいつも心晴《こはる》とペアを組んでいた。

あいつはああ見えて勉強面は普通にポンコツだからな。成績順位は最下位なのだ。

だが今日の朝の会の際に、俺は先生からの要望により、今回から理恵《りえ》とペアを組むこととなっていた。

彼女は今まで普通科の高校に在籍しており、パソコンのプログラムに関しては右も左も分からない。だから、学級委員長であり、かつ1位の成績を誇るこの俺に実習中に手とり足取り教えて欲しい、とのことだった。

尊敬する慶太《けいた》先生からの頼みだ、断るわけにはいかない。

というわけで俺は今、理恵と隣同士になって1台のパソコンの前に座っている。

「作業服似合ってるじゃん、理恵」

俺が笑いながら言うと、隣の理恵もニコリと微笑《ほほえ》む。

「ありがとうございます、健斗《けんと》さん！」

紺色の地味な作業服に袖を通している理恵だが、その全身からほとばしる素敵なお嬢様オーラはかけらも失われていない。

世間一般の人々は、作業服を着ている女の子の可愛《かわい》さというものにあまり気付けていないので、非常にもったいないと俺は個人的に考えている。

とにかく地味で、露出がない作業服。

しかし、だからこそそんな服を着た女の子の顔が強調されるというか、素材の味が活《い》かされるというか……。

まあ語れば語るほど変態チックな話になるので控えめにしておくが、とにかく日常生活ではまず着用することはないであろう作業服を、可愛らしい華の女子高生が着ている。この一見ミスマッチかつ非日常的なシチュエーションに、異様に性癖の奥の奥をかき乱されるというものなのだ。

そして、今俺の隣に座る理恵（作業服バージョン）の美しさはソシャゲで喩《たと》えるならSSRクラス。無料ガチャで引けた日には拍手喝さい、取得画面のスクショをSNSにあげてフォロワーたちにドヤ顔で自慢してしまうこと間違いなしといった感じである。

「ところで健斗さん！」

「ん、どうした？」

「先程から何度も電源ボタンを押しているんですけど……パソコンの電源が入りません！故障していませんか？」

怪訝《けげん》な顔でそう言いながら、ボタンを何度も連打する理恵。

しかし彼女が押しているそれは——

「それ、モニターのボタンだよ」

「ほえ?」

彼女は小首をかしげ、呆《ほう》けた声を上げた。

パソコンのモニターの電源を、パソコン本体の電源と勘違いする。お手本のようなPC初心者って感じのミスだ。

「ご、ごめんなさい健斗さん、私本当に機械音痴で……」

理恵は口元に手を当ててオロオロした。

彼女はこういう小さな動作がいちいち可愛いし、そこにわざとらしさやあざとさが全くないのが素晴らしい。もしも同じような動きを慎太郎《しんたろう》がやろうものなら俺は遠慮なく顔面をグーでいく。

「えーっと……理恵が前にいた学校では、パソコンを使った授業とかはなかったの?」

「ええ、ありませんでした。というか、パソコンを直接触るのはこれが生まれて初めてです」

「!?」

俺は思わず己の耳を疑った。

近年のスマホの普及によって、若者のパソコン離れは急速に進んでいるというニュースを聞いたことがある。だがそれにしたって、学校で一通り扱い方ぐらいは学ぶものなんじゃないのか。

「えっ……じゃあマウスの扱い方も分からないってことか？」

「そうですね。基本的に、家や学校で調べ事をしたい時は執事に頼んでいました」

「そんなバカな……」

これでは若者のパソコン離れならぬ理恵の常識離れだ。

どうやらこれは、気合を入れて取り組まなくてはならないらしい。

◆　◆　◆

それから俺は、理恵にパソコンの基礎的な扱い方を手短にレクチャーした。

パソコンの電源の入れ方。マウスやキーボードの使い方。ファイルの開き方。

俺が実践を交えながら説明する度に、彼女は「ふむふむ、なるほどです」と相づちを打つ。

俺が一通り教え終わると同時に、実習授業の開始を告げるチャイムが鳴った。

すぐさま慶太先生が入室してきて、ゆったりした足取りで教壇に立つ。ちなみに、今は先生も作業服姿だ。

「よーし、皆ちゃんと席についているな？　偉いぞ！　2年生一発目の実習授業だ、春休みの間に色々と忘れてしまったこともあるかもしれないが、くれぐれも気を抜かないようにして授業についてくるんだぞ！　分からないことがあったら、先生かペアの人に尋ねるように！」

　こうして実習授業が始まった。

　基本的な情報工学科の実習の流れは、最初に先生から『○○の動作をするプログラムを作れ』とお題が出されるので、それを二人で協力してパソコン上に作成する、という感じだ。

「じゃあ、最初のお題を発表するぞ。まずは肩慣らしだ、九九の計算を行って、その答えを綺麗《きれい》に表示させるプログラムを書いてくれ」

　それを聞いたクラスメイトたちが、早速隣のパートナーと色々と相談しあいながらパソコンのキーボードをカタカタとたたき始める。

　一方の理恵は、「九九……？」と呟《つぶや》きながら、助けを求める子猫のようなつぶらな瞳で俺の方を見つめてきた。

「えっと……もしかして九九も知らない？」

「ば、バカにしないでください！　それぐらいは分かります！」

　顔を真っ赤にして、食い気味に否定してくる理恵。

　普段おしとやかな彼女が感情むき出しで言ってくるのが可笑《おか》しくて、ついつい笑いが漏

れてしまった。

「悪い悪い。じゃあ、今から課題のプログラムを俺が書くから、見てて」

「よ、よろしくお願いします」

そして俺は、パソコンと向き合うと、慣れた調子でプログラム作成の準備を進める。

「まずは、デスクトップにある開発ツールを起動させるんだ」

「か……開発ツール？」

「うーん……そこら辺の専門用語はやってるうちに自然と頭に入ってくるから、今は適当に聞き流して」

「はい！」

こういう専門的な学問は習うより慣れろだ。それに、いちいち細かいワードまで説明しながらだと時間がいくらあってもプログラムを作ることができない。

「理恵は、『プログラムを書く』って具体的にどんなことをするもんだと思う？」

「そうですね……映画なんかのイメージだと、ものすごい勢いでキーボードをたたいて、真っ黒な画面に緑色のアルファベットをたくさん羅列させている感じですね」

それはどっちかというと、『プログラムを書く』というよりも『怪しいハッキングをしている』って感じだな。

まあ、一般の人からするとプログラマーのイメージなんて胡散臭《うさんくさ》いハッカーとかと大差なかったりするのかも知れない。

「もちろん色々と文字を打ち込んでいくのがプログラムなんだけど、基本的には『0からプログラムを書いていく』なんてことはほぼないんだ」

「……どういう意味ですか?」

「今までの実習授業で作ってきたプログラムを組み合わせて、新しい動作のプログラムを制作する……とでも言えばいいのかな」

「さっぱりです!」

理恵は真顔で断言した。

「例えば今回の課題の、『九九の計算を行ってその答えを綺麗に表示させるプログラム』ってやつ。これは、去年作った『1から9までを表示させるプログラム』と『二重for文で掛け算を行わせるプログラム』を組み合わせればできるから——」

「?」

「前に作成したこの2つのプログラムのソースコードをコピーして、ここに貼りつけて——」

「?」

「で、for文の括弧の中の数字を少しだけ変えて——」

「?」

「あとは、表示させる時の形を整えるprintf文の括弧内の数値もちょっと変えて――」

「？」

「最後に、コンパイルしてから実行ボタンを押せば――」

「？」

「ほら、完成だ！」

パソコンの画面上には、一の段から九の段までの掛け算が計算された結果が、表となって出力されていた。

「どう？　実際に見てみると案外単純でしょ？」

俺がそう言いながら笑顔で隣を見てみると、そこには――


「あわ、あわわわ……」

白目をむき、口から泡を吹き出す理恵の姿があった。

「えっ、ちょ……理恵！　おい理恵！」

俺は慌てて理恵の肩を揺する。

が、彼女の意識は正常に戻らない。

すると、異変を察知した慶太先生が慌ててこっちに走り寄ってきた。他のクラスメイトたちも、作業する手を止めて心配そうにこっちを見てきている。

「ど、どうしたんだ健斗《けんと》！」

「せ、先生！　俺が理恵《りえ》にプログラムの書き方を説明していたら、突然白目をむいて泡を吹き出したんです！」

「なんということだ……きっと『プログラミング・アナフィラキシー・ショック』……通称PASに違いない……！」

慶太《けいた》先生は眉をひそめ、深刻な顔でそう言った。

「プログラミング・アナフィラキシー・ショック？」

インチキ臭い初耳ワードに、思わず聞き返してしまう俺。

「なんだ健斗、知らないのか？」

知るわけないです。

「インターネットの専門的な部分に一切触れずに育った一般の人々の中には、プログラミングの文字列に免疫を持っていない者も多い！　そういった人が短時間の内に連続で理解不能なプログラミング構文を目にしてしまうと、精神が錯乱してアナフィラキシー・ショックを起こしてしまうんだよ！」

先生が真剣に力説した。

にわかには信じがたい話ではあるが、現に理恵は俺のプログラミングの説明を聞いた途端にこの状態になってしまった。

プログラミング・アナフィラキシー・ショックは実在する症状に違いない。

「クソッ、これは私の判断ミスだ……これまでお嬢様学校で育ってきた白鳥《しらとり》さんには、まだプログラミングの文字列を見せるべきではなかった！　せめて、C言語ではなくもう少し難易度の低いJavaScriptから入った方が良かったか!?」

先生がそんな言葉を口にすると、俺の腕の中の理恵がビクンビクン！　と痙攣《けいれん》をし始めた。

「し、しまった！　専門用語を耳にしただけで症状が悪化し始めた！」

なんでだよ。

「白鳥さんの鼓膜は、まだプログラミング慣れしていない、ということか……」

鼓膜を何だと思ってるんだよ。

「皆、今後一切彼女の前でプログラミングの話はするな！」

大声で叫ぶ先生。

俺は一体何を見せられているんだ。

◆　◆　◆

理恵がプログラミング・アナフィラキシー・ショックを発症したことにより実習授業は一時中断。

担架を持った教職員2名がやって来て、テキパキと気絶した彼女を担ぎ上げると、保健室へと連れていくのであった。

「け、慶太先生……よく分かんないんですけど……理恵は病院に行かなくて大丈夫なんですか……？」

「幸いにも症状は軽かったからな、まあ保健室のベッドで寝ていれば放課後には回復しているだろう」

「そ、そうですか……」

とりあえず命に別状はないみたいで助かった。

「慶太せんせー、理恵っちこれからどうするんすかー？」

気の抜けるような声で会話に割り込んできたのは愛菜《あいな》。

「これからも毎週、実習授業でプログラミングをやっていくわけですよね。その度に理恵っちが死にかけることになりませんか？」

すると慶太先生は苦虫を噛《か》み潰したような顔で腕を組んだ。

「まあ確かにリスキーだな。でも、2年生から工業高校に編入した以上、多少タイトなスケジュールを組んででも白鳥さんにはプログラミングというものに慣れていって貰《もら》わなくては……」

「ていうか、なんで理恵っちはウチに転校してきたんですか？　普通科高校じゃなくて、わざわざ工業高校のウチに」

以前理恵にも直接聞いた質問を、今度は慶太先生に投げかける愛菜。すると先生は、あの時の彼女同様言葉を濁すのであった。

「ま、まあ……色々と複雑な事情があるんだよ！」

「ふ〜ん」

愛菜がつまらなそうな声を上げる。

「というか愛菜、とっとと髪を黒に染めろ。あとネイル外せ」

「え〜、別にいいじゃないですか！　スパチャするんで見逃してくださいよ〜！」

「なんでも投げ銭で解決できると思うな。ネットと現実はノリが違うぞ」

先生が真顔で答えた。流石《さすが》は熟練の元プログラマー、言葉の重みが違う。

「へいへ〜い」

愛菜がため息まじりに返す。

彼女がこういう返事をする時は、十中八九話を全く聞いていない時だ。慶太先生は困ったように肩をすくめるのであった。

◆　◆　◆

放課後。

理恵の容体が心配になった俺は、カバンを片手に保健室へと足を運んだ。

中に入ると、机に向かって何やらスマホをいじっていた保健室の先生が、俺の顔を見て
「おっ、健斗君!」と言いつつ立ち上がる。

彼女の名前は春日凜《かすがりん》。

白衣を着た、若くて長身の保健教諭だ。

髪は赤毛のロングで、ウェーブがかかっている。

顔立ちは整っているのだが目の下にクマが色濃く出ており、保健室の先生なのにいかにも不健康そうな見た目である。

「どがんしたとね健斗君。頭いたかと?」

長崎弁バリバリで聞いてくる凜先生。

長崎市内だとなんだかんだそこまで長崎の方言を使う人は少なく、皆普通に標準語で喋《しゃべ》る。俺もそうだ。

しかし彼女は長崎の離島で生まれ育った人らしいので、かなり強めの方言で話す。

すらりとした背丈、端整な顔立ち、保健教諭なのに不健康そうな見た目というギャップ、

そして強めの長崎弁。

　これらの要素がドストライクだということで、校内には彼女の隠れファンが割とたくさんいたりする。

「いえ、理恵のお見舞いに来ました」

　俺がそう答えると、彼女は「あーなるほど！」と言って手をパンと叩《たた》いた。そして、保健室の奥にある、白いレースカーテンで囲まれたベッドを指さす。

「白鳥さんならそこのベッドで寝とるけん！」

「分かりました」

「ていうか、ちょうど良かった！　私ちょっと出かけてくるけん、戻ってくるまでここにおってくれん？」

「え、どこまで行くんですか？」

　すると凜先生は恥ずかしそうに頬をポリポリとかきながら、

「コンビニに。シカ娘に課金したかけん、プリペイドカードば買いに行くっさ」

と返してきた。

「ま、またですか凜先生……そういうのはせめてプライベートの時間に……」

「いやーごめんごめん！　どうしてもガチャば引きたかとよ！」

　そう言って拝むように俺に両手を合わせてくる凜先生。

そう、実は彼女も重度のオタクなのだ。それも俺と同じソシャゲオタクで、保健室にいる間はいつもスマホ片手にソシャゲばかりしている。

以前少し話をした時にそのことが判明し、俺と凜先生は意気投合。それからは時々、ソシャゲ談議に花を咲かせたりしているのだ。

「あ、そう言えば先生。俺、シカ娘でヘラジカをゲットしましたよ！」

俺が言うと、先生はカッと目を見開いた。

「え、ほんと!? すごかたい健斗君！ 見して見して！」

俺はすかさずシカ娘を起動し、その画面を先生に見せつける。

彼女は「おほ〜〜〜！」ととろけるような感嘆の声を上げた。

「うらやましかねー健斗君！ 私も欲しいなー！ ヘラジカ欲しいなー！ ところで、どがん風に育成しとっと？」

「ヘラジカはスタミナの基礎数値が高いので、基本的にはそこを重点的に鍛え上げる方針で育成してます」

「はえ〜〜〜、バランスタイプにはせんとね？」

「その方針の育成も悪くはないと思うんですけど、対人レースで勝つなら一点突破の尖《とが》った育成の方が勝率はいいですよ！」

俺は毎日徹夜でシカ娘をやり込んでいるので、この手の話にはついつい熱くなってしまう。

「やっぱり奥が深かね、シカ娘は！　サービス開始してもう3か月以上経《た》つとに、攻略サイトば見てもまだ育成論が確定しとらんとやもん！」

「そうなんですよ！　だからこそシカ娘たちを育成する時に色々と方針を考える楽しみがあるんですよね！　結構運が絡む要素も多いからそのスリルもたまりませんし！」

「そうそう！」

と、そんな感じで俺たちが熱心に語り合っていると、奥のベッドのカーテンがシャッと開いた。そこから顔面蒼白《そうはく》の理恵が顔を出し、

「あ、あの……もう少し声を落としてくれませんか……？」

と言ってくる。

「あっ！　し、しまった！」

凜先生が跳び上がった。

「ご、ごめんね白鳥さ～ん！　保健室の先生なのに保健室で騒ぐなんて、私、保健教諭失格ばい……」

それから先生はそそくさとドアの方に歩み寄ると、

「じゃ、あとはよろしくね！　健斗君！　私コンビニ行ってくるけん！」

と言い残して保健室を後にする。

「えぇ!? け、結局行っちゃうのかよ……」

やれやれ、反省しているのかしていないのか全く分からない態度だ……いやまあ、理恵《りえ》を起こしてしまったことに関しては俺も普通に悪いのだが。

「起こしちゃって悪い」

俺はそう言いながら、理恵が横になるベッドの所に行く。

「い、いえ……気にしないでください……ところで、ここには何をしに？」

「お見舞いに来たんだ」

ベッドの傍《そば》に置かれた椅子に腰を下ろしながら言った。

「わざわざお見舞いに……本当にありがとうございます。それと、授業を中断させてしまってごめんなさい」

「いやいや、いいんだよ！ 授業の中断なんて日常茶飯事だし！」

1年生の頃なんか、歴史の授業をしていれば歴史オタクのクラスメイトが興奮して勝手に喋りだし、化学の授業をしていれば元素オタクのクラスメイトがいきなり「僕元素周期表丸暗記してるんですよ！ 聞いてください！」と言って元素を1番から118番までよどみなく暗唱しだしたりするという地獄絵図だった。

とまあこのようにオタクばかりの学校だと授業中断は本当によくある話なので、理恵には罪悪感を持ってほしくないものだ。

「それにしても、プログラミングを見ただけで発作を起こしてしまうなんて……私、これから一体どうやって情報工学の勉強をしていったらいいんでしょうか……」

「あれには俺も驚いたけど……プログラミングへの苦手意識なんて、ちょっと基本的なところを覚えればすぐに消えるから安心しろよ！」

それから俺は、学ランのポケットからキャラメルの箱を取り出して、理恵に手渡した。

「これは……？」

「さっき購買で買ったキャラメル！　甘いもの食べて、元気出しな」

すると彼女はキャラメルを受け取り、ニコリと頬を緩ませる。

「ありがとうございます健斗《けんと》さん！　私、頑張りますね！」

お嬢様学校からこの工業高校に転校してきた理恵。どんな事情があるのかは知らないが、きっと毎日大変な思いをしているに違いない。

それでも、こうして健気《けなげ》に笑顔を見せる彼女の姿を前にして、俺はなにがなんでも彼女を応援してあげたいと心の底から思った。

◆　◆　◆

しかしそれから、理恵と接する機会は激減してしまった。

別に意図してそうなったわけではない。

俺は転校してきたばかりの理恵ともっと親交を深めたいと思っていたのだが、彼女は翌日から一気に多忙になったのである。

朝の会の前。昼休み。放課後。

それらの時間全てに、理恵は補習が入ってしまった。

だがそれも無理からぬこと。

彼女は1年生の間、普通科高校である翡翠《ひすい》女子高校に通っていた。

そこからこの出島工業高校に転校してきたので、彼女は俺たちが1年生の間に学んだ工業分野のカリキュラムを、丸々学んでいないことになる。

だから補習を行うことで無理やりにでも工業分野のカリキュラムを詰め込む必要があったのだ。

授業と授業の間の休み時間も、理恵は必死に自主学習を重ねてパソコン関連の専門知識を身に付けていった。

実習の時間でプログラミングを扱っても、もうあのよく分からない発作を起こすことはなくなった。

だがその代償に、日に日に疲労がたまっているのが顔に表れていた。

俺は心配になって何度か理恵に「大丈夫？」と尋ねたりしたが、いつ聞いても彼女は満面の笑みで「ええ、大丈夫です！」と元気に答えるだけ。

いつか過労でぶっ倒れるんじゃないかと心配だった。

◆　◆　◆

理恵が転校してきてから、早くも2か月が経過した。

今日は6月1日。

まだ夏と呼べるほど暑くはないが、春と呼べるほど快適でもない。

半袖の制服で登校し始めるクラスメイトも増えた。

この時期になると、体育の授業が終わった後、女子が皆汗のにおいを気にして汗拭きシートや制汗スプレーを使い始める。そのミントと柑橘《かんきつ》が混ざり合ったようなスースーする香りが教室に充満して心地いい。

この鼻腔《びこう》をつく制汗剤の匂いが、夏が少しずつ近付いてきていることを実感させてくれる。

そんな、これぞ青春だと思わせるような爽やかな日々の中で、先日、中間テストが行われた。

今回実施されたテストは、国語、数学、英語、社会、理科、情報、電気、通信の計8科目。

これらのテストを、2日に分けて4科目ずつ行った。

そして今日は、それらのテストの答案用紙が1時間目の授業で一気に返却される。

出島工業高校は、日本に数ある工業高校の中でもトップクラスの偏差値を誇る学校。

そのため定期テストのレベルも中々高い方だとは思うのだが、幸いなことに俺は帰宅部。勉強する時間はたっぷりと取れた。

何度も言うが、俺はとにかく人の上に立つのが好きな男だからな。入学してから今まで、ずっと定期テストでは1位の成績を取ってきた。

だから今回も、1位を取らないと恰好《かっこう》がつかない。というか俺のプライドが許さない。

もちろん、そのための努力は抜かりなく行ってきたつもりだ。

そもそも俺は達成したい目標がある時に、神頼みはしない。絶対に。

だから授業中は先生の話をサボらずに聞き、テストに出そうなところはしっかりとマーキングしてきた。そして、テスト1週間前からそのマーキングした範囲を重点的に復習。

趣味のゲーム関連に費やす時間はグッと抑え、ひたすら勉強に励んだ。

勉強っていうのはＦＰＳと似ている。

成績を上げたいと思っても、楽な近道があるなんてことは決してない。ただただ地道に、着実に努力を重ね、自分の能力を上げていくだけだ。

ソシャゲなら『課金』というスキップ方法があるが、勉強やＦＰＳの場合はそれが通じない。

ヒロサバで世界ランク1位を取った時は、とにかくプロゲーマーの配信を見て立ち回りを学び、マップ内における有利なポジションを知り、何度も何度も試合をこなして結果を残した。

勉強でもやることは同じ。教科書を読んで数式や用語を学び、何度も問題をこなしていくだけである。

今までそうやって成績1位をもぎ取ってきた。

だからきっと、今回も最高の点数を取れているはず。

俺がそう自分に言い聞かせて気持ちを昂《たかぶ》らせていると、1時間目の授業開始を告げるチャイムが鳴った。と同時に、教室に慶太《けいた》先生が入ってくる。

その手には、山盛りの紙の束があった。

そう、生徒全員分のテストの答案用紙である。

「よーしよし、全員席に着いているな？　それじゃあ、中間テストの全科目分の答案用紙を返却していくぞー」

その言葉を聞いて、俺のようないつも成績の良い生徒は顔を引き締め、心晴《こはる》のような成績の悪い生徒は死刑宣告を受けたかのような悲痛な面持ちでうなだれた。

それから慶太先生は、

「それじゃあ、出席番号順に名前を呼ぶから、前まで取りに来てくれ。青木《あおき》健斗！」

と俺の名前を呼ぶ。

「はい！」

早速呼ばれた出席番号1番の俺は、緊張しつつ前の教壇まで向かう。

「よく頑張ったな」

そう言いながら先生は、8科目分の答案用紙を一気に返却してきた。

さあ、今回の成績はどうだろうか？

はやる気持ちをおさえながら席に戻り、それぞれの点数を確認する。

国語、92点。数学、90点。英語、88点。社会、81点。理科、90点。情報、86点。電気、95点。通信、95点。

合計点数は717点——よし、悪くはない。

その後も続々とクラスメイトたちに答案用紙が返却されていき、喜ぶ者もいれば悲しみに打ちひしがれる者もいた。

返却が終わったら、今度は慶太先生の担当したテストである情報科目の解説が行われた。

テスト内の問題1つ1つに対して、ここはこういう意味だ、ここはこう解釈してこう解けばいい、といった感じで先生が分かりやすく解説してくれる。

この説明をしっかりと聞き、自分が間違った部分はもう二度と同じミスをすることがないよう手早く復習をする。

クラスメイトの誰もが、真剣に先生の解説に聞き入っていた。

そして数十分後。

「よし、解説は以上だ。この後廊下に全生徒の順位が貼り出されるから、チェックしておくように」

すると、授業終了を告げるチャイムが鳴った。

「それでは、皆お疲れ！」

先生がそう言うのと同時に、クラスメイトの多くがバッと立ち上がり、自分の順位を確認するため我先に廊下へ飛び出していった。

俺も見に行こうと立ち上がると、先生が突然
「健斗、少しいいか？」

と声をかけてきた。

「？　はい、なんですか？」

「あ、いや、今はいいんだ。昼休みに職員室に来てくれ」

慶太先生は手短にそれだけ言い残すと、そそくさと教室を出て行ってしまう。

「？」

一体なんだろうか。

先生のテンション的に、俺が何かやらかしたことが原因で怒られてしまう……といった感じではなさそうだったのでそこは一安心だが、少し嫌な予感がしなくもない。

俺の順位は――

◆　◆　◆

一足遅れて俺が廊下に出ると、既に奥の方でとんでもない人だかりができていた。

その人波をかき分けて、壁に貼られた順位表をチェックする。


「クラス1位！　学年1位だ！　よっしゃあぁ！」


何とか、今回も最高の順位を取ることができた。

俺はガッツポーズをして喜びの雄叫《おたけ》びを上げる。

「今回もやりましたな、健斗殿！」

いつの間にか隣にいた善兵衛《ぜんべえ》が、そう言いながらポン、と俺の肩に手を置いた。

ちなみにこいつの成績は、クラス順位2位、学年順位4位。

善兵衛もかなりの秀才なので、定期テストの度にこいつに成績を抜かされてしまうのではないかという恐怖におびえる羽目になる。

まあ、そのプレッシャーが勉強のモチベーションにもつながっているので、いい刺激を貰《もら》えているのは間違いない。

「サンキュー善兵衛！」

「はっはっは！　いやー、今回も健斗《けんと》殿には勝てませんでしたな！　小生、非常に悔しいですぞ！」

善兵衛はそう言いつつも、爽やかに笑った。

ここで変に悔しがり過ぎて険悪なムードにしないという明るい所が、善兵衛の美点だといつも思う。

「それにしても健斗殿は時間の使い方がうまいですな。ソシャゲのシカ娘やＦＰＳのヒロサバでトップクラスの成績を誇りつつ、学業でもトップを取ってしまうとは……」

「そうおだてるなよ。俺は帰宅部だから、お前よりも暇な時間が多いってだけだ」

「それでも相当な偉業ですぞ！」

するとそこに、慎太郎《しんたろう》が割り込んできた。

「まったく、優等生同士楽しそうにハイレベルな会話しやがってッッ!!　ムカつくぜッッッ!!」

そう言う慎太郎の成績はクラス20位、学年115位。見事に平平凡凡、中間といった成績だな。

と言っても慎太郎は将来のオリンピック金メダリスト候補。

毎日卓球のハードな練習に打ち込んでいるのだから、テストでこれだけの順位におさまれていれば十分すごいとは思うのだが。

「お前ら、どんな勉強法してるんだッ？　俺にも少しだけ教えろよッッ!!」

「い、いきなりそのようなことを言われましてもなぁ……」

困ったように腕を組む善兵衛。

俺は慎太郎の方を向いて、こう答えた。

「前からずっと言ってるだろ、慎太郎。オタク趣味への愛があれば、勉強の成績も必然的に上がるものなんだよ」

「そんなわけないだろッッ!!　バカにしてんのか健斗ッッ!!」

髪を逆立たせてキレる慎太郎。情緒不安定かよ。

俺はそんな慎太郎からの圧を適当に受け流しつつ、「本当にそうか？」と言った。

「例えば……善兵衛が情報工学の世界に興味を持ったのは、ロボットアニメやロボットゲームを通して……だよな？」

俺が確認すると、善兵衛は得意げに笑いながらメガネをスチャリと上げた。

「ええ、もちろん！」

「善兵衛の場合は、この『興味』が勉強への動力源になっているんだよ」

「何が言いてぇんだ健斗ッッ!!」

「まあまあ、そう焦るなって。じゃあ慎太郎、今回のテストではどの科目が、一番点数が悪かったんだ？」

「社会だなッ！　地理はそこそこ行けたけど、歴史が全然ダメだったッ！」

「なら歴史に興味を持てばいいんだよ。そうすれば歴史の勉強に身が入るだろ」

ウチのクラスに何人か歴史オタクがいるのだが、そいつらは皆社会のテストの点数が高い。歴史の授業中も、積極的に挙手をして先生に質問をしたりしている。

好きこそものの上手なれ——誰でも好きな分野のこととなれば熱中できるし、その分上達が速くなる、という意味のことわざだ。

オタクっていうのは何かを好きになる力が人一倍強い。その『好き』を勉強に活《い》かせれば、テストだってきっといい点数が取れるはずだ。

「なるほどなッッ!!　流石《さすが》は健斗だッッ!!」

怒り顔から一変、満面の笑みで納得したようにうなずく慎太郎。喜怒哀楽の移り変わりが激しすぎて、見ていて怖い。

「参考になったぜ健斗ッ！　今度戦国時代が舞台のアニメでも見てみるわッッ!!」

「それなら、今度私がオススメのゲームを貸してあげよっか!?」

そう言いながら唐突に、奈央《なお》が目を輝かせながら俺たちの会話に割り込んできた。

「ゲーム……ッ？」

慎太郎が首を傾《かし》げると、奈央が楽しそうにうなずく。

「そう！　ズバリ、私のオススメは『戦国漢《おとこぎ》気淫乱草紙』！　これをプレイすれば戦国時代にハマること間違いなし！」

「おい、今『淫乱』っていう普通のゲームにはまず付かないはずのワードが聞こえてきたんだけど」

俺は困惑しながら口をはさんだが、彼女の勢いはもう止まらない。

好きなことについて語る時の奈央は、もはやブレーキがぶっ壊れた暴走列車なのだ。

「これは戦国時代を舞台にしたBLゲームなの！　主人公は豊臣秀吉《とよとみひでよし》で、自分の選択によって色々な戦国武将と絆《きずな》を結ぶことができるんだ！　私が一番ときめいたのは、やっぱり王道の織田信長《おだのぶなが》ルートかなー！　信長の草履を懐で温めてあげると、それを見た信長が甚《いた》く感心してくれて、『どれ秀吉よ、ならば余の○○も温めてみよ』『えっ!?　そ、そんな！　そんなことはできません信長様！』『ワハハ、良いではないか良いではないか。そなたが桶狭間《おけはざま》に敷いた本陣、余が奇襲して攻め落としてくれよう』『そ、そんな！　信長様！　このままでは、私の墨俣《すのまた》が一夜で城を築いてしまいます～！』っていう会話が

――」

奈央が固く握りしめた拳を振り上げながら熱弁し続ける。

完全に自分の世界に入り込んだ彼女を放置し、俺たちは真顔でその場を後にした。

◆　◆　◆

昼休み。食堂で善兵衛・慎太郎と共にお昼ご飯を食べ終えた俺は、二人と別れて教室棟2階の奥にある職員室へと向かった。

この学校では職員室は1つではなく、学科ごとに分かれている。

俺は『情報工学科職員室』のドアを軽くノックして、中に足を踏み入れた。

デスクがいくつかぽつぽつと置かれた、こぢんまりとした空間。

見渡してみると、他の先生たちは外にお昼ご飯を食べにでも行っているのか、職員室の中にいるのは慶太《けいた》先生だけだった。

この学校では教師陣もよく食堂や学校の敷地外の繁華街でお昼ご飯を食べたりするのだが、慶太先生は毎日決まって奥さんお手製のお弁当をここで食べている。

なんともうらやましい限りだ。

「おお、来てくれたか！　健斗！」

いつものように、美味《おい》しそうに愛妻弁当を頬張っていた慶太先生は、俺の姿を見るなり笑顔で手を振ってくる。

「どうも、先生。それで、今回俺を呼んだ理由は……？」

慶太先生の座るデスクまで歩み寄りながら俺が尋ねると、先生は顔を真面目なものに一変させ、弁当の上に箸を置いた。

そしてモッサリと生えた自分のあごひげをさすり、

「うーむ、そのことなんだが……」

と唸《うな》る。

どうも只事《ただごと》ではなさそうだ。

「……何か、あったんですか？」

不審に思った俺が聞くと、先生はゆっくりと首を縦に振った。

「白鳥《しらとり》さんのことなんだがな」

「……理恵《りえ》のこと、ですか？」

「ああ。単刀直入に言うが、今回の中間テストでの白鳥さんの成績は、かなりマズイことになっていた」

「と、言うと？」

「具体的に言うと……このまま期末テストでも低い点数を取ってしまうと、彼女は問答無用で留年だ」

「りゅ、留年!?」

俺は開いた口が塞がらなくなってしまう。

留年――すなわち、理恵はもう一度2年生として学校生活を送らなくてはならないということだ。

何度も言うが、出島工業高校は国内の工業高校内でもトップクラスの偏差値を誇る学校。この高校に入学してきている時点で、基本的には全員の学力は一定のラインに達している。

だから、普通に生活していれば留年なんてまずありえない。

事実、ここ数年病気などのやむを得ない事情以外で留年になった学生は一人もいないと聞いたことがある。

「そう言えば今日、廊下でテストの成績を確認した時、理恵は最下位だった気が……」

今までであれば、ウチのクラスの成績最下位といえば心晴《こはる》が定番だった。しかし今回はそこに理恵の名前があったのだ。

「その通り。白鳥さんはクラス順位も学年順位も最下位だ。国語や数学といった一般科目はまあそこそこの点数だったんだが、いかんせん専門科目の点数が最悪でな……」

「でも、留年はちょっとかわいそうじゃないですか？　理恵は普通科高校から転校してきたばかりなんですから、専門科目の成績が悪いのも大目に見てあげないと――」

「いやいや、そうはいかん」

慶太先生は食い気味にそう言って眉間にしわを寄せた。

「白鳥さんがウチに転校してきたのだって特例中の特例なんだ。これ以上の特別扱いはできんよ」

「そもそも、なんで理恵は工業高校に転校してきたんですか？」

「いや、それは……」

すると慶太先生は目を伏せ、

「すまんな。こればっかりは彼女のプライベートの深い所に関わる問題なんだよ。だから答えられん」

と返してくる。

やっぱり、理恵が超お嬢様学校である翡翠《ひすい》女子高校からこの出島工業高校に転校してきたのには、何か大きな事情があるようだ。

答えられないと言われると余計知りたくなるのが人間の性だが、先生相手に食い下がっても仕方ない。

「分かりました。それはいいとして……俺に、どうしろと？」

「いや、まあ、具体的に『こういうことをして欲しい』みたいな要望は特にないんだが……ただ、健斗には今まで以上に、白鳥さんのことを気にかけてやって欲しいと思ってな」

そう言ってくる先生の目は切実だった。

「朝、昼、そして放課後。白鳥さんには1日に3つもの補習時間を設けて、必死にお前たちが1年生の時に学んだ工業分野の学問を教えている。それでも中間テストの成績は散々だった。だから今、彼女は精神的にボロボロのはずだ」

「まあ、それはそうでしょうね……」

1日に3つも補習を入れた学校生活を送り、それでも中間テストの成績は悪く、このままでは留年の危機。

今の理恵は、相当なストレスを抱え込んでいるに違いない。

「でもこういう心のケアとかって、保健室の先生がするのが適任なんじゃないですか？」

「え、春日《かすが》先生のことを言っているのか？」

「はい」

「無理だろあの人は」

即答であった。

どんだけ信用ないんだよ、凜《りん》先生。

まあ実際、生徒思いの優しい先生であることには間違いないんだろうが、基本的にはずっと保健室でソシャゲしてるだけだもんな。

「いやもちろん、本当ならこんなこと、生徒に頼むべきじゃないってことは分かっている。春日先生はちょっとアレだから例外としても……どのみち、白鳥さんの心のケアをできるのは、教師ではなくお前のようなクラスメイト……つまり同じ立場の人間だけだろうからな」

「そうですね……分かりました。もっと、彼女とコミュニケーションを取れるように頑張ってみます」

とはいえ、彼女は毎日補習漬けだ。話しかけるような時間が取れると良いのだが。

「よろしく頼むぞ、健斗《けんと》。こんなことを頼めるのは学級委員長のお前だけだ。他の奴《やつ》らは、ほら、何というか……春日先生並みの変わり者が多いからな」

少し気まずそうに言う先生。

その言葉を聞いて、俺の脳裏に慎太郎《しんたろう》や善兵衛《ぜんべえ》、愛菜《あいな》に心晴といったイカれたオタクたちの笑顔が次々と浮かんでくる。

確かに、あいつらに理恵の心のケアができるとは到底思えない。

◆　◆　◆

放課後。時刻は午後6時。

俺は近くの自販機で買ったペットボトルのコーラをちびちびと飲みながら、校門に寄りかかって校舎を眺めていた。

上を見上げると、オレンジ色に淡く染まった山がどこまでも続いているのが見える。

長崎市は、山ばかりのデコボコとした場所だ。

少し市街地からそれると、道のそこかしこに急な坂道がある。だから、長崎の自転車保有率は他の県と比べて圧倒的に低い。

現に俺も、実は高校生にもなって自転車に乗れない。だが周りにもちらほら乗れない奴がいるので、恥ずかしいと思ったことはない。

というかそもそも、自転車にまともに乗ったことがない。

坂ばかりで道も狭い長崎では、自転車での移動が逆に困難なのだ。

「……」

耳を澄ましてみると、近くのグラウンドから野球部が練習している声が聞こえてくる。

甲子園を目指す九州男児たちの熱い声。金属バットがボールを捉える爽快な打撃音。

帰宅部である俺には無縁の世界だ。

そもそも部活に所属していない俺が、こんな時間まで学校に残っていること自体珍しい。

なぜ俺がこうしてコーラを飲みながら校門のところに立っているのかと言うと、それは

『ある人』を待っているからだ。

「……お、来た来た」

そうこうしていると、校舎の中から一人の女性がとことこと歩いてきた。そう、彼女が――理恵が、俺の待ち人だ。

彼女の放課後の補習が終わるのが大体この時間だと事前に先生から聞いていたので、それまでここで待っていたのである。

校門前で立つ俺の姿を見て、キョトンとした顔になる理恵。

俺はにこやかに笑い、手を振った。

「健斗さん……どうしたんですか、こんなところで」

「理恵を待ってた」

俺が率直にそう答えると、彼女は首を傾《かし》げる。

「……なぜ、私を？」

「歩きながら話すよ」

そして俺たちは、最寄りの電停まで一緒に歩くことにした。

カバンを両手で前に持ち、ゆっくりと優雅に歩く理恵の歩幅に合わせて、俺も隣でゆっくりと歩みを進める。

見慣れた長崎の街並みも、彼女と一緒だと少し違って見えてきた。

少し重苦しい沈黙が、俺たちの間に流れる。

その沈黙を、俺が自ら破った。

「昼休みに先生から聞いた。このままだと留年するんだろ？」

「!?」

理恵は息をのみ、俺の方を向く。

先生から理恵が留年の危機にあると聞いた時、どうすれば彼女の心のケアを出来るのか必死に考えた。

そして出した答えが、ズバリ『腹を割って話す』だ。

工夫もテクニックも何もない、愚直なやり方だと自分でも思う。

でも正直、俺はまだ理恵のことを何も知らない。何が好きなのか、何が嫌いなのか、何に悩んでいるのか、ぶっちゃけ全く分からない。

だからまずは、腹を割って話したい。

そのためには、少しプライベートの繊細な部分に踏み込んだ会話をする必要があるかもしれない。彼女を不快にさせる可能性もある。

それでも、まずは俺たちの間にある見えない壁を取っ払うところから始めないと、心のケアなんて無理だ。

「……そうなんです。私、中間テストの成績が悪くって……」

「俺さ、先生から頼まれたんだ。理恵の心のケアを頼むって」

「心のケア……ですか……?」

「うん。笑っちゃうよな。俺はプログラムの勉強をしているんであって、心療の勉強なんかしたことないのに」

「……すいません、私なんかのために」

理恵《りえ》は申し訳なさそうにうつむいた。

「ううん。理恵は悪くないよ。そもそも今まで普通科の高校にいたのに、2年生になってからいきなり工業高校で授業を受けるなんて無理がある。理恵も、それは分かってるよね?」

俺は、今回彼女と喋《しゃべ》るにあたって、1つ目標にしていることがあった。

それは、『絶対に言葉をオブラートで包まない』だ。

聞きたいことはハッキリと聞く。

言いたいことはハッキリと言う。

まずはこれを徹底して、彼女の心の中にある空間に土足で上がり込む。

これが正しいコミュニケーションのとり方なのかは知らないが、多少ムカつかれたって関係ない。

いや、むしろムカつかれるぐらいグイグイいっていい。

『怒り』は人間の本能の中でも最もシンプルで、嘘《うそ》のつけない純粋な感情だ。

だから、人の本音・本心は怒りの中にこそ混ざっているはずだ。

俺は、容姿端麗でいつも可憐《かれん》な理恵を、ほんの少しだけ怒らせてみたかった。その奥にある本心を覗《のぞ》き込んでみたかった。

「……カリキュラムに無理があることは分かってます。でも私は、工業高校で勉強をしていくしか道がないんです」

「……」

案の定、理恵には何か切実な事情があるらしい。

「……言いたくないのかも知れないけど……教えてくれないか？　理恵の事情を知れば、俺も何か手助けができるかも――」

「どうしてですか？」

理恵は俺の言葉を遮って、少し強めの口調で言ってきた。

「どうして、私のことを助けたいんですか？　転校生だからですか？　哀れに見えるからですか？　健斗さんが学級委員長だからですか？　それとも、健斗さんが学年1位の成績優秀者だからですか？」

上品でおしとやかな雰囲気は保っていたが、その言葉には明らかな敵意のようなものがあった。

「……イラつく気持ちは分かるよ。ムカつくよね。いきなり同級生から心のケアをしたいだとか手助けしたいだとか言われるの。何様だよって感じだよね」

するとと理恵はハッとした表情で、口元に手を当てる。

「すいません、私、つい……」

「ぶっちゃけさ、理由なんて特にないよ」

「え……？」

「理恵のことを助けたい理由。そもそも人を助けるのに明確な理由なんていらないだろ。何か大変な家庭の事情を抱えたクラスメイトが留年の危機に陥ってる。だから助ける。それ以外に理由なんている？」

「健斗さん……」

「まあしいて言えば、ほら、俺って人の上に立つのが好きだからさ。これでお前のことを助けて恩を売れば、俺が優越感に浸れるじゃん……っていう理由じゃ、ダメ？」

俺が少しおどけた調子で言うと、理恵は吹き出した。

そして唐突に、

「それじゃあ今から、私の家に来てください」

と言い出す。

それはあまりにも親密度の階段を飛ばし過ぎじゃないか？　と思った俺は、つい面食らった。

「えっ……家に!?」

「はい。今までずっと家庭の事情を隠していましたが……誰かに言っておきたくって。ぜひ、私の家でゆっくりとお話ししたいんです」

「そ、そっか……なら、分かった」

驚きはしたが、ここで理恵の提案を断るのは逆効果だ。むしろこのイベントを通して彼女と仲良くなれば、元気付けられるきっかけになる。俺は首を縦に振った。

電停についた俺たちは、同じ路面電車に乗る。

これから理恵の家に向かうのだと思うと妙に気まずくて、彼女の家の最寄り駅に着くまで、俺は何も話せずじっと吊革《つりかわ》につかまっていた。

◆　◆　◆

彼女の家の最寄り駅は、俺がいつも使っている駅の3つ先にあるところだった。

案外近い所に住んでいたんだな、と思いつつ、理恵の一歩後ろについて歩く。

やっぱりここでも特に何かを話せるような雰囲気ではなかったので、俺は押し黙ったまま、気まずさをごまかすように辺りの住宅街をキョロキョロと見回した。

ここら辺に来るのは初めてだが、ごく普通の、閑静な住宅街だ。少し古びた家屋ばかりが立ち並んでいて、とてもではないがお嬢様学校に通っていた理恵の邸宅がありそうな雰囲気ではない。

「着きました」

前を歩いていた理恵が、そう言って立ち止まった。

「は？」

俺は思わず、呆《ほう》けた声を出してしまう。

目の前にあるのは、二階建てのボロアパート。

外装は剝げ、階段の手すりは錆《さ》びついていた。

俺は勝手に、彼女の家は立派な豪邸だろうと考えていたので、そのあまりのギャップに驚かずにはいられなかった。

「えっと……どれ？」

「このアパートの２０１号室です」

「……」

俺は言葉を失った。

と同時に、お嬢様学校である翡《ひ》翠《すい》女子高校からウチの工業高校に転校してきたその理由を、なんとなく察してしまった。

「では、行きましょうか」

そう言って、アパートの古い階段を上っていく理恵。俺はその後に無言で続いた。

◆　◆　◆

部屋の中は、質素で狭いワンルームだった。

床はフローリング張りで、タンスや棚といった必要最小限の家具しか置かれていない。

初めて一人暮らしを始めた大学生の部屋って感じだ。

「ここが、私と母が暮らす部屋です」

「……」

俺は、何も言えなかった。

それこそギャグアニメのお嬢様キャラなんかは、こういう部屋を見て『私の家の犬小屋よりも狭いですわね』なんて言いそうだが……理恵は、ここに住んでいる。

「……言いたいことは分かります。変ですよね。翡翠女子高校に通っていた人間がこんなところに住んでいるなんて」

「まあ、正直言うとな……」

ここで変に取り繕っても意味がない。俺は素直に肯定した。

「……お父さんは？　どうしたの？」

「1年前に亡くなりました」

手短に言ってくる理恵。俺はまたしても口をつぐんでしまった。

そして彼女は一呼吸おくと、続ける。

「父は、とても大きな会社を経営する社長でした。ですから私は今まで、立派な邸宅で何不自由なく育ってきたんです。でも……」

「でも？」

「父は去年、多額の負債を抱えたまま亡くなったんです」

「……」

俺はまだ、身近な誰かが死んだことはない。

でも、もしもお父さんやお母さんが死んでしまったら、俺はどうなってしまうんだろうか。今の理恵みたいに、気丈に振る舞えるのだろうか。

きっとそれは難しい。

「……それで、翡翠女子高校に通えなくなった、と……」

コクリとうなずく理恵。

「もちろん学費が払えなくなったというのもありますけど……それだけではなくて……いつも仲良くしてくれてたクラスメイトの皆さんが、一斉に私をいじめだしたんです」

「えっ……？」

俺は耳を疑った。なぜ理恵をいじめるんだ？

むしろクラスメイトだったら、彼女を慰め、支えてあげるものなんじゃないのか？

「翡翠女子高校は長崎でも随一のお嬢様学校。だから皆、選民思想が強かったんです。それで、父が亡くなり『お金持ち』というステータスを失った私のことを、皆は差別しだしました」

「……そんな……友達だったのに、急に手のひらを返したってことか？」

「……ええ、そうです」

彼女は少しだけ目を伏せる。

「そっか……ひどいな……」

父と死別し、お金を失い、友人たちからいじめられ、転校先では留年の危機。

波乱万丈の人生……と言ってしまうと少し陳腐になってしまう気もするが、理恵はまさしくそんな人生を歩んでいる。

「工業高校に無理やり転校してきたのは……就職しやすいから？」

「はい、その通りです。工業高校に通えば専門的な資格がたくさん取れるので、就職先に困ることはありません」

「なるほどな」

手に職を付けたい、という動機で工業高校に進学してくる生徒は多い。

今の理恵《りえ》にとっては、安定した就職先を確実に得られるこの高校は、夢のような場所のはずだ。

「今は毎日、朝早くから夜遅くまで、母がスーパーで働いて生活を支えてくれています。私も早く就職をして、家計を支えたいんです。聞いたところによると、出島工業高校の校長先生は生前の父ととても仲が良かったみたいで……それで、私の場合は特例で転校が認められました」

これで合点がいった。

だから普通科高校から工業高校への転校が出来たわけか。

「じゃ、なおさら頑張って理恵を助けないとだな」

俺が言うと、それまで悲しそうに下を向いていた理恵が「え？」と言いながら顔を上げた。

「早く就職してお母さんを助けたいんだろ。だったら、留年なんかしてる場合じゃないからな！」

俺は理恵の目を見て、力強く返す。

彼女は柔らかく微笑《ほほえ》んだ。

「やっぱり、健斗《けんと》さんにこのことを話して正解でした……！　ありがとうございます！」

「こっちこそ、ありがとう。辛《つら》い家庭の事情を話してくれて」

どんなに辛い状況でもめげずに頑張る理恵の姿に、俺は胸を打たれた。なにがなんでも、彼女を助けてあげたいと心の底から思った。

だから俺は早速、

「明日、皆で勉強会やろうぜ！」

と提案する。

「勉強会……ですか？」

「そう。明日土曜日だからさ。町のファミレスで集まって、期末テストに向けて勉強会しよう。メンバーは……秀才の善兵衛《ぜんべえ》は必須だな。あとはまあ、慎太郎《しんたろう》、愛菜《あいな》、心晴《こはる》、奈央《なお》のいつもの奴《やつ》らで」

効率重視で勉強をするなら、善兵衛だけを呼び、俺と善兵衛の二人がかりで理恵にガッツリ勉強を教え込む……ってやり方がベストだ。

でもどうせなら、彼女には学力を上げるだけでなく、クラスメイトの皆とも仲良くなって欲しい。

理恵は前の学校で、ひどいいじめを受けた。

今の彼女は、学校という場所を、辛く苦しいだけの空間だと考えているはずだ。

けど学校生活には楽しいことが沢山あるんだってことを、この勉強会を通して感じてくれたらうれしい。

　そう考えた俺は、にぎやかな友人たちを勉強会のメンバーに選出した。

「健斗さん、私のためにありがとうございます」

　理恵が深々と頭を下げた。

「いいって。困った時はお互い様なんだから」

「ただ……出来れば私の家庭環境のことは、皆さんには内緒でお願いします」

「分かった」

　こうして俺は、理恵と秘密を共有することになった。とても重要な秘密だ、うっかり漏らさないように気を付けなければ。

「あ、でも……理恵が留年の危機ってことは皆に言っていい？　その方が皆真面目に協力してくれると思うし」

「え、ええ、それはまあ……」

「オッケー、んじゃ早速……」

　そして俺はスマホを取り出し、LINEで手早く明日の勉強会のグループを作る。

「あ、そういえば俺、まだLINE交換してなかったね」

「そうでしたね」

　俺は理恵とLINEを交換した。すると彼女が、顔を赤らめて微笑む。

「うれしい……お母さん以外の人と、初めてLINEを交換しました」

その言葉を聞いて、俺は思わず吹き出してしまった。

「大げさだって！」

「そうですか？　でも、本当にうれしかったので……」

そうやって満開の花のように笑う理恵は、とても美しかった。

「そっか、じゃあ……俺が友達第一号だな！」

照れくさかったが、俺もそう言って笑い返す。

今日はとても悲しい話を聞いた。それでも、最後はこうして理恵と笑いあうことができた。十分な収穫だ。

第3話

長崎市で有数の繁華街・浜町。

休日になると多くの人でごった返すこの町の一角にあるファミレスの前に、俺はやって来た。

待ち合わせの時間は午後2時。

それまであと5分ほどあるが、どうやら俺が一番乗りらしい。

そのままスマホをいじりながら待っていると、「お待たせしました」という可憐《かれん》な声が聞こえてきた。

ふと顔を上げると、そこには鮮やかな青色のワンピースを着た理恵の姿が。

彼女の私服を見るのはこれが初めてだが、流石《さすが》は理恵、その着こなしはシンプルながら海外のモデルのような小洒落《こじゃれ》た雰囲気がある。

「おお……かわいい服じゃん！」

「ありがとうございます。お世辞でもうれしいです」

理恵はそう言って微笑んだ。一挙手一投足が上品で、まさにお嬢様。

だからこそ昨日見た彼女のボロアパートを思い出し、その悲惨なプライベートの状況にチクリと胸が痛んでしまう。

それから、理恵と二人で「最近暑くなって来たね」だとか「今日の朝ご飯は何食べたの」ととりとめもない会話をしていると、午後2時ちょうどに愛菜、心晴、奈央の3人が揃《そろ》ってやって来た。

愛菜はピンクのフリルがたくさんついた、ロリータ？っぽい服を着ている。心晴は半袖半ズボンのボーイッシュなコーデで、奈央は落ち着いた色合いのブラウンのワンピース。

全員、どことなく内面の性格が表れた服装をしていた。

「おーっす健斗、理恵！　あれ、善兵衛と慎太郎は？」

心晴は、サイドテールの髪をせわしなく揺らしながら周りをキョロキョロ見回す。

「まだ来てねーよ。あいつらは遅刻魔だからな」

俺は苦々しい顔で答えた。

それから遅刻魔の二人が集合場所にやって来たのは、実に十分後のこと。

「おう皆、悪い悪いッ！　カードショップでレアカード鑑賞してたら遅れたわッ！」

カードファイル片手に言う慎太郎。

「小生はプラモを買っていたら遅れてしまいました。申し訳ない」

プラモの箱片手に言う善兵衛。

俺はそんなマイペースな二人を見て思わずため息をついた。

「まったく、お前らは……というか善兵衛、ファミレスの中でプラモ広げるなよ。他のお客さんに迷惑だからな」

「ハッハッハ！　健斗殿、小生を何だと思っているのですか！　いくらなんでもそんな非常識な真似《まね》はしませんよ！」

『非常識』の擬人化みたいなお前が言うな。

とまあそんなこんなで、ようやく俺たちは全員集まった。

メンバーは俺、理恵、善兵衛、慎太郎、愛菜、心晴、奈央の計7人。

ちなみに善兵衛たちには、理恵がこのまま期末テストで低い点を取ると留年する、という事実をグループLINEで事前に伝えている。

だから俺たちの胸には今、何としてでも彼女を留年の危機から救うという強い使命感がある。

当然、ファミレスでの勉強会は厳粛で真面目な雰囲気の中で行われると思っていたのだが――

「おい健斗ッ！　ドリンクバーの飲み物全部混ぜようぜッッ!!　早く行くぞッッ!!」

「あっ、忍子《にんこ》ちゃんが配信してる！　見なきゃ！　ねえ、このお店ってフリーWi-Fiある？」

「心晴殿、昨日の『NYORO NYORO へビカー』は視聴なされましたかな？」

「見た見た！　強盗と戦うヘビカーのアクションシーンすごかったよねー！」

「おい健斗ッ！　この店のドリンクバー、メロンソーダがねぇぞッ！　ふざけてんのかッッ!?　おい健斗ッ！　俺許せねぇよッッ!!　メロンソーダがないとミックスのし甲斐《がい》がねぇよッッ!!　おい健斗ッッッ！！！」

「ねえ、このお店のWi-Fi弱くない？　配信めちゃくちゃ重いんだけど！」

——ファミレスに入店して数分後、早速地獄の様相を呈していた。

理恵は気まずそうにアイスコーヒーをストローで飲んでいる。

「お、おいお前ら……今日は真面目に勉強会をだな……」

俺が口を開くと、学年成績最下位の常連である心晴が「ダイジョーブダイジョーブ！」と笑いながら手を振った。

「留年なんてどーせ先生が脅し文句で大げさに言ってるだけだって！　私も去年先生から『このままだと留年するぞ』って言われたけど大丈夫だったし！」

「確かになッ！」

慎太郎がうなずく。

どうやらこいつら、理恵が留年の危機だということにいまいち現実味を感じていないらしい。

まあ実際、俺たちの周りに留年した人間なんか一人もいないからな。

『留年』という現象そのものをフィクションのように捉えているのかもしれない。

よし、ここは俺が学級委員長としてビシッと一喝して、この勉強会の雰囲気を真面目なものに変えてやろう。

なんて心構えで「お前らなぁ……」と言いかけたその時。

理恵《りえ》が突然、口元に手を当ててクスクスと笑いだした。

「ど、どうした？」

「いえ、何というか……」

そこで彼女は一呼吸おくと、目をキラキラと輝かせながら続ける。

「休日にこうして誰かと騒ぐの、ずっと憧れだったんです。今まで通ってきた学校は、とても息苦しい場所でしたから」

「ほーん、まあお嬢様学校の人たちって皆マウントの取り合いで忙しそうだもんねー」

頬杖《ほおづえ》をつき、気の抜けた声で言う心晴。

「心晴殿、そういう嫌みっぽい言い方は良くありませんぞ」

「いえいえ、構いません。実際、翡翠《ひすい》女子高校の皆さんは貴族主義を崇拝してたので……」

「き、貴族主義って……」

奈央は困惑しながらアハハ……と笑った。

この令和の日本で、そんな古臭いワードを聞くことになるとは思っていなかった。さすが上流階級は考え方が違う。

「だから私、こういういかにも『女子高生』って感じの休日を過ごすのに、とても憧れていたんですよ！」

なるほどな。やっぱり、お金持ちの家庭で生まれ育つのも楽なことばかりじゃないんだろう。

するとと理恵は、椅子に座る俺たちひとりひとりの顔をしっかりと見回してから口を開いた。

「皆さん。今日は私のために勉強会をしてくれて、本当にありがとうございます。私が留年の危機にあるというのは、残念ながら冗談でも何でもなく本当のことです。ですから今日は、皆さんに色々と勉強を教えていただきたいです」

「理恵っち……」

今までずっとスマホでVライバーの配信を見ていた愛菜《あいな》が、画面から目を離し、真剣な面持ちで理恵を見据える。

それから理恵はニコッと明るく微笑《ほほえ》み、

「もちろん、勉強だけじゃなくて皆さんの好きなものについてもたくさん教えてください。私、もっと皆さんと仲良くなりたいです！」

と続けた。

俺たちは一斉に首を縦に振る。

「よっしゃッ！　まかしとけ理恵ッ！　カードゲームのことなら何でも俺に聞いてくれよなッッ!!」

「私も、格ゲーのことなら何でも教えてあげる！」

「わ、私も、BLアニメのこととかたくさん知ってるよ！」

おい奈央《なお》、そういうことは公共の場ではあまり話すな。

「フム……それにしても、理恵殿の成績が切羽詰まっているというのは由々《ゆゆ》しき事態。期末テストまであと2か月もありませんし……」

「ああ。だから、気を引き締めて勉強会をやっていくぞ」

俺がそう言うと、善兵衛《ぜんべえ》が
「先生役は……そうですな、健斗《けんと》殿と小生で一教科ずつ交互にやっていくとしましょうか」

と提案してきた。

「ああ、それでいこう」

◆　◆　◆

それから、本格的に勉強会が始まった。

とはいえまともに勉強をしているのは俺と理恵と善兵衛と奈央ぐらいで、他の奴《やつ》らは各々が好きなことをしている。

慎太郎《しんたろう》はファイルにおさめられたレアカードコレクションを眺めてうっとりしているし、愛菜はスマホで推しVライバーの配信を見ていた。心晴《こはる》は「せっかくお金を払ってるんだから元を取りたい」と言い出し、さっきから血走った目でドリンクバーのジュースを何杯も飲みまくっている。

「いいか？　つまり、抵抗が直列で繋《つな》がっている場合、電流は全ての抵抗に同じだけ流れるんだ。で、この回路のA地点に流れる電流を知るためには、キルヒホッフの法則を用いる必要がある」

今勉強している科目は電気工学。

俺が教科書を手に内容を説明し、理恵、善兵衛、奈央の3人がそれを聞きながらノートに色々と書き込んでいく。

善兵衛と奈央からしてみればもうとっくに理解している基礎の基礎といった話だが、それでも一切不満を漏らさず、理恵のペースに合わせて勉強をしていた。

「なるほど……ではこの並列回路の場合は、まず合成抵抗を求めてから電流の計算をした方が楽、ということですか？」

　理恵が質問をしてくる。

「ああ、そういうこと。テストの時は計算する時間が限られているから、効率的な手順で電気回路を分かりやすく解釈していくんだ」

　俺が答えると、理恵が納得したようにうなずいた。

　質問ができるということは、ちゃんと勉強した内容が頭に入っているという証拠だ。勉強会はうまくいっているみたいだな。

「じゃ、そろそろ休憩するか」

　俺は教科書を置きながらそう言った。

　時計を見てみると、現在の時刻は午後3時。この勉強会は2時20分からスタートしたので、もうとっくに40分経過したことになる。

「じゃ、じゃあ私、健斗君と理恵ちゃんの分の飲み物、ドリンクバーから持ってこようか？」

　俺と理恵のコップが空になっていることに気付いた奈央が言った。

「おぉ、悪いな。じゃあ俺コーラで」

「私はウーロン茶を」

「分かった！」

そしてドリンクバーの方にひょこひょこと小走りで向かっていく奈央。

奈央は、気が弱くていつももじもじしているが、色々と気が利くし面倒見が良い。それに料理部所属なので、当然料理も上手だ。

時々お昼に食べる弁当を自分で作ってきたりしているし。

きっと将来は、いいお嫁さんになるんだろうな。

「どうよ理恵っち、勉強はかどってる？」

推しVライバーの配信が終わったらしい愛菜が、スマホをバッグにしまいながら聞いてきた。理恵は「はい！」と元気よく返す。

「でも、やっぱり電気回路の計算は難しいですね。簡単な直列回路や並列回路の勉強は中学の理科の授業でもやりましたけど、そこから発展したキルヒホッフの法則や重ね合わせの理を用いた計算はとても難しいです」

「あっはっは！　あんなもんノリでやってりゃ解けるよ！　公式に数字当てはめるだけなんだから！」

愛菜はそう言いながら笑った。

彼女はいつもチャラチャラしているし、授業中もあまり真面目に勉強している様子は見受けられない。

だが典型的な天才気質なようで、何事においても要領が良く、なんだかんだテストの成績は毎回良い。

たしか、この間の中間テストの成績もクラスで6位とかその辺りだったはずだ。

本腰を入れて勉強すれば、割と俺や善兵衛といい勝負をするのではないかと思わなくもない。それぐらい地頭が優れている奴だ。

「ま、勉強ばっかりやってたらストレスでぶっつぶれちゃうよ！　理恵も何か趣味を持つっていうのはどう？」

ソファーに深々ともたれ、コーラをがぶ飲みしながら心晴が言った。

「趣味、ですか……以前も言いましたけど、私、本当に趣味と言えるものがなくって……」

「だったらさ、それこそ格闘ゲームとかやってみるのはどうよ？　な、心晴」

俺がそう言うと、心晴は「う〜ん、どうなんだろ」と唸《うな》る。

「ぶっちゃけた話、格ゲーって相当『初心者泣かせ』な部類だから、普段からある程度ゲームを触ってる人じゃないとオススメはできないかな〜。ただでさえ操作が難しいのに、技ごとの発生フレームとか無敵時間とかキャラ間の相性とか対策とか、そういう諸々《もろもろ》を覚えてやっと対人戦のスタートラインに立ててるって感じなんだよね」

「ふ〜ん……俺も時々格ゲーやるけど、まあ心晴の言いたいことは分からんでもない。コンボ決めるの難しいし、上級者からすぐボコボコにされるし……」

俺がそう返すと、心晴はうんうんとうなずいた。

「格ゲーで初心者から脱出するためには、とにかく経験者相手に何度も『負け続ける』ってプロセスも必要なんだけど、それを面白いって思える人はほとんどいないからね。ぶっちゃけマゾ向けだよ、格ゲーって」

するとと愛菜がいたずらっぽく笑う。

「じゃ、心晴はドMってこと？」

「まあ否定できないかも。部活でやってる陸上だって、言ってみれば『いかに自分をいじめぬけるか』って競技だし……だから私、格ゲーと陸上にはまってんのかな？　うん、私やっぱドMだわ」

心晴は真顔で答えた。真顔で答えることか？

「てかさ、理恵ってゲーム機持ってんの？」

「ゲーム機ですか？　いえ、何も……」

「格ゲーを本格的にやるってなると、ゲーム機とソフト、アケコン、それとプラスして安定した速度が出せるネット環境が必要になるんだよね。ぶっちゃけすごくお金かかるのよ」

心晴はそこまで言ってから、「あ！」とハッとしたような顔で声を上げる。

「でも理恵、お嬢様だからコストの心配はないか！」

それは決して皮肉ではなく、本気でそう考えての発言だったのだろう。

だがそれを聞いた理恵《りえ》は、少しだけ顔が引きつった。

彼女が今色々とあって貧乏になってしまっていることは、俺以外は誰も知らない。

そして俺は昨日、理恵に『この秘密は絶対に守る』と約束した。

漢《おとこ》なら約束は守るのがスジ。何としてでも彼女が貧乏になっていることはばれないようにしなくては。

「あー、まあほら、お金持ちだからってなんでもかんでも好き勝手に買えるってわけじゃないだろ？　むしろ、お金持ちは下手な貧乏人よりも倹約がうまいって聞いたことがあるぜ！　な、理恵！」

俺が必死に話を振る。

「え、ええ、その通りです。令嬢たるもの、お金の『大切さ』を知るのもまた重要なこと。だから私、お母さんからの毎月のお小遣いは２０００円だけなんです」

「えっ、たったの２０００円!?」

「ちょっと厳しすぎない、理恵っちの家？　華のＪＫが月２０００円なんてさ！」

心晴と愛菜が口々に驚いた。

「これでもなんとかなってますよ！　私、こう見えて倹約上手ですから！　オホホホ……」

ちょっとわざとらしく笑いつつも、なんとか話をごまかすことに成功した様子の理恵。

するとその時、両手にグラスを持った奈央が戻ってきた。

「はい、健斗君にはコーラ！　理恵ちゃんにはウーロン茶ね！」

彼女はそう言いながら、俺の前にコーラを、理恵の前にウーロン茶を置く。ご丁寧にちゃんと氷も入れてくれているのがありがたい。

流石《さすが》は奈央、本当に細かいところまで心遣いが行き届いている。

「ありがとうな、奈央」

「ありがとうございます、奈央さん！」

「いいっていいって！　気にしないで！」

奈央は両手をブンブンと振り、顔を赤らめた。いちいち動作が小動物みたいで可愛《かわい》らしいな。思わず守りたくなるタイプってやつだ。

「ところで、今何の話してたの？」

「ん？　ああ、理恵が何も趣味を持ってないって話してな。それで、いい感じの趣味を薦めようにも、オタク系の趣味って何かとお金がかかるから難しくってさ」

「え？　理恵ちゃんってお金持ちなんじゃないの？」

首をちょこんとかしげる奈央。

それに対して心晴が、

「お金持ちなんだけど、お金の大切さを学ぶために毎月のお小遣いは２０００円だけなんだってさ！　偉いね～！」

と返しながら、感心するように腕を組んだ。

「なるほどね～。だったらネット小説とかいいんじゃない？」

「ネット小説？　何ですかそれは？」

「あ、知らない？　ネットで連載されてる小説のことだよ。基本的には全部無料で読めるからオススメだけど……」

奈央《なお》がそう言うと、理恵は驚きに目を見張る。

「む、無料で!?　それはすごいですね！」

すると唐突に、善兵衛《ぜんべえ》が会話に割り込んできた。

「とはいえ、ネット小説は誰でも書けるものですから、良くも悪くもクオリティは玉石混《こん》淆《こう》。面白いものを見つけても、連載が途中でプッツリ途切れるなんてこともザラですぞ」

奈央が同意するようにウンウンとうなずく。

「そういう自由な空間だからこそ、商業作品だと見られないような奇抜なアイデアの作品もいっぱいあるんだよね。それを探す作業が楽しかったりするんだよ！」

「奥が深い世界なんですね、ネット小説って。早速今夜から、色々と読んでみます！」

理恵が言うと、慎太郎が「だったらッ！」と声を上げて会話に入ってきた。

「俺も結構ネット小説読んでるから、オススメの作品を教えてやるよッ！　ズバリ、『トラック受け止め異世界転生ッッッッッ！！！！！　熱血武闘派高校生ワタルッッッッ！！！！！』ってやつが俺のイチオシだッッ!!」

慎太郎《しんたろう》が熱く叫ぶが、それを聞いた善兵衛が呆《あき》れ顔《がお》で眼鏡をスチャッと上げる。

「慎太郎殿……その作品、小生も以前オススメされたので読んでみましたが、テンションも文体も意味不明だったし結局のところ一発ネタの範疇《はんちゅう》を出ていなかったので、普通に駄作だったと思いますぞ」

「なんだァ？　てめェ……ッ！」

お気に入りのネット小説を容赦なくこき下ろされた慎太郎が、怒髪天を衝《つ》く勢いでキレた。

おいゴリラ、頼むからファミレスの店内で暴れるんじゃないぞ。

全身から殺気を放出している慎太郎をさておいて、今度は愛菜《あいな》が喋《しゃべ》りだした。

「そんならさ、理恵っち！　Vライバーの配信を見たりするのもオススメだよ！」

「おお、いいじゃんVライバー。これも基本的には無料で楽しめる趣味だぜ」

俺が同意すると、理恵は
「すいません、ネットにはとんと疎くて……確か、そのVライバーという方々は『ユーライブ』って配信サイトなんかで活動しているんですよね？　具体的には何をしているんですか？」

と聞いてくる。

すると愛菜が身を乗り出して説明をし始めた。

「まあ基本的にはゲームやったり商品のレビューやったり……普通の実写配信者とやってることはあまり変わらないかな？　でもでも、アニメキャラみたいなビジュアルが付いてるのがめちゃくちゃ可愛いし、ライバーごとに色んな設定があったりして面白いんだよ！　例えばアタシのイチオシの忍者系Vライバー『はやぶさ忍子《にんこ》ちゃん』なんかは『人里離れた森の奥で３００年生きてる伝説のくのいち』って設定でさ、ゲームもパソコンの操作も下手なんだけど、可愛らしい声で『いや～私３００年生きてるおばあちゃんだからな～こういうの苦手なんだよな～』って言い訳したりするのがめちゃくちゃ萌《も》えるのよ！」

早口でマシンガントークを繰り出す愛菜に、若干引き気味の理恵。

「え、えっと……他の皆さんも、Vライバーはよく見るんですか？」

彼女は助けを求めるように他のメンバーに話を振った。

すると心晴《こはる》が、腕を組みながら
「いや、私は見てないな～」

と返す。

「ま、あんたみたいな硬派ぶっためんどくさい格ゲーオタクには、Vライバーの良さなんて一生分からんでしょうなぁ～」

おちょくるような口調で言う愛菜に、心晴はカチンと来たようだ。

「フン、馬鹿にしないでくれる？　私だって、前に何人かVライバーを見たことぐらいあるわよ。けどなーんか、あの〇〇〇〇〇〇〇〇〇が〇〇〇〇〇〇んだよね。リスナーに〇〇〇というか」

「こ、〇〇!?」

愛菜が聞き捨てならないといった表情を見せた。しかし心晴は止まらない（なお、ここからは諸々のコンプライアンスに配慮して伏せ字を多用する）。

「大体さぁ、Vライバーに〇〇〇してる奴《やつ》らって〇〇〇〇〇っしょ。〇〇〇したところで何の〇〇〇もないし、ライバーはリスナーのことを〇〇〇としか思ってないんだよ？　どう考えても〇〇〇だよ、そんな界隈《かいわい》」

「そ、そんなことないし！　アタシも結構〇〇〇するけど、皆すごく喜んでくれるし！」

拳を握りしめ、顔を真っ赤にしながら反論する愛菜。

「はいはい、〇〇〇ね、〇〇〇」

心晴は鼻で笑った。そして一呼吸おき、続ける。

「だいたい今人気のあるVライバーって、ほとんどは昔他の〇〇〇〇〇〇で、〇〇〇で〇〇〇してて、でもそれだと〇〇が〇〇〇〇〇から、〇〇〇〇〇〇みたいな〇〇はっつけてユーライブで配信やってるって感じじゃん。なーんかオタク文化を○○にしてる感じがあって○○なんだよなー。あの界隈って、ライバー本人もそのリスナーたちも○○○○の○○○○をよく分かってないというか、変に○○○○○○○というか」

「こ、心晴……あんた、言って良いことと悪いことが……！」

全身をプルプルと震わせながら言う愛菜。

いつもヘラヘラしてるこいつがこんなに感情をあらわにするのも珍しい。

「どーせその『はやぶさ忍子ちゃん』って人も、○○は○○○ぐらいの○○○○○の○○○○だって。あ、あとVライバーって○○○○が多いから、定期的に○なこと言ってSNSで○○するよね。Vライバー自体は○○○○も○○○も○○な人が多いから○○○○ってまっっっっったく思わないけど、そういう○○○○を追っかけてるのは○○○○」

「心晴、テメェ！」

愛菜がブチぎれながら心晴に飛び掛かった。

対する心晴は「ワハハハハ！　怒った怒った！」とおちょくるように笑い、愛菜の頭を押さえつける。

そしてさらに、追い打ちをかけるように口を開いた。

「てかさ、Vライバーって今じゃもう数が増えすぎてて普通のトークじゃ他のフレッシュな人たちに埋もれちゃうから、○○すれすれの○○で○○○なエピソードトークとか○○

な〇〇〇〇〇〇〇とかで無理やり人を呼び込もうとするよね。まあ大抵は〇〇しまくった〇〇〇なんだけど、それで引き際を見誤って〇〇してる奴もいるし。で、〇〇したとたん〇〇〇〇〇〇が出張ってきて『〇〇ちゃんは悪くない！』『ドンマイ〇〇ちゃん！　次から気を付けよ！』『こういう〇〇なトークが〇〇ちゃんの持ち味だからねｗ　むしろいつも〇〇するぐらいの方が目立てていいじゃんｗ　てか〇〇ちゃんのトークにいちいち噛《か》みついてくる奴らが〇〇としか思えないｗ』とかそういうキッツい〇〇〇〇〇しまくるでしょ。私あの〇〇〇〇〇大っ嫌いなんだよね。何が『持ち味』よ、〇〇〇〇〇は持ち味だろうが何だろうがシンプルに〇〇〇のよ。ライバーと〇〇共は一生その〇〇〇〇〇〇から出てくんなって感じ」

「き、貴様ーっ！　アタシの愛するVライバーを愚弄するかーっっ!!」

愛菜がそう言いながら心晴の顔目がけてパンチする。だが彼女は相当な運動音痴なので、しょぼい猫パンチがふにゃふにゃと繰り出されるだけであった。

心晴は「ウヒャヒャヒャヒャ！」と意地悪く笑い、その猫パンチをよける。

こいつは昔から『煽《あお》り癖』があるからな。こうして愛菜を怒らせて楽しんでいるんだろう。

そもそも二人は前から犬猿の仲だ。

同じオタク同士ではあるが、絶妙に趣味がかみ合わない。だからこうして口論している

光景をよく見る。

　たった今心晴が語っていたVライバーへの批判が、単に愛菜を煽るために口八丁で適当に言ったものなのか、それとも本心なのかは……まあ、この世にははっきりさせない方が良いこともたくさんある。

　それに今回の口論の発端は、愛菜が先に心晴を『硬派ぶったためんどくさい格ゲーオタク』と罵倒したところからだ。

　売り言葉に買い言葉って感じで、心晴もついヒートアップしてしまったのだろう――と、一応擁護しておく。

　すると一連の流れを傍観していた理恵《りえ》が、青ざめた表情で
「み、皆さん……とても熱い気持ちで趣味に向き合っているんですね……」

　と言った。

「ま、まあ、あいつらは特別というか……」

　俺は顔を引きつらせながら答える。

　オタクが皆、愛菜や慎太郎みたいなクレイジーな奴らばかりだと誤解されてはたまらない。

　すると、この中でも（比較的）常識人オタクである奈央が、ホットコーヒーをすすり、理恵の方を向いた。

「皆と遊べる趣味が欲しいなら、カードゲームなんか手っ取り早くていいんじゃない？」

「カードゲーム……ですか？」

「そうそう。慎太郎君ほどじゃないけどウチのクラスってカードゲームそれなりにかじってる人多いし……私も一応、デッキなら持ってるよ」

「まあそれもそうだな。俺もデッキは持ち歩いてるぜ」

オタクが多い工業高校における、スタンダードな休み時間の過ごし方。それは他ならぬカードゲームだ。

校則的には一応カードを学校に持ち込むのはアウトなのだが、まあ授業中に広げたりさえしなければ先生もそんなにガミガミと注意してきたりはしない。

するとその時、『カードゲーム』というワードに早速反応した慎太郎が笑顔で
「確かにッ！　カードゲームは最高の趣味だからオススメだぜッッ!!」

と満面の笑みを浮かべて言ってきた。

さっき善兵衛にお気に入りのネット小説をバカにされた時のブチぎれっぷりとは天地ほどの差がある、見事なテンションの切り替わりだ。

「カードゲームで遊べばどんな奴とも一発で仲良くなれるッ！　カードゲームは最高の娯楽ッッ!!　やろう、理恵ッッ!!　カードゲームをやろうッッッ!!」

まあ言っていることは否定しないが、そんな暑苦しいテンションでまくし立てられると

ヤバい宗教の勧誘を受けている気分になるのでやめて欲しい。

「でも、カードゲームってそれこそ結構お金のかかる趣味なんじゃないですか?」

中々的を射た質問をする理恵。

すると慎太郎が、待っていましたと言わんばかりに深々とうなずき、口を開いた。

「もちろん、極めようとすると非常にお金のかかる趣味なのは否定しないッ！　プレミアの付いたレアカードがウン十万円で売られていることとなんかザラだし、スリーブにプレイマット、カードケースとこだわればこだわるほどお金はかかるッッ!!」

慎太郎はそう言うと、続けて「がッ！　しかしッッ!!」と叫んだ。うるさい。

「初心者向けのスターターデッキなら普通に500円ぐらいで売られているから、始めるだけならお金はそんなにかからないッ！　安心してくれッ！」

ちなみに俺も、500円で買ったスターターデッキを無改造で使っている。

たった500円の出費でクラスメイトたちの遊びの輪に加われたので、決して悪い買い物ではなかった。

「てか慎太郎、お前デッキいっぱい持ってるんだから、1つぐらい理恵に貸してやってもいいんじゃねえか?」

「ムッ！　それもそうだな、健斗《けんと》ッッ!!　それじゃあ理恵、ここでの勉強会が終わったら早速近くのカードショップに行こうッ！　俺がデッキを貸すから、そこで勝負だッ！」

拳を突き上げながらそう口にする慎太郎《しんたろう》。すると理恵がニコリと笑う。

「はい、そうですね！　お願いします！」

こうしてこの後の予定が自動的に決まった。

流れに流されるまま……って感じではあるが、これを通して理恵がクラスメイトたちとスムーズに仲良くなれるのであれば、それは喜ばしいことだ。

するとその時。

「さあ、そろそろ休憩は終わりです！　次は小生が、英語を教えますぞ！」

善兵衛《ぜんべえ》が、英語の教科書を開きながらそう言った。

◆　◆　◆

ファミレスでの勉強会を終えた俺たちは、そのまま近くにあるカードショップへ向かい、理恵も交えて皆でカードゲームをして遊んだ。

カードゲーム初体験の理恵であったが、ルールをすぐに覚え、楽しそうに皆と遊んでいた姿が印象的だった。

彼女に勉強を教えて、しかもクラスメイトと仲良くさせることができた。今回の休日は、まさに一石二鳥だったと言える。

そしてその日を境に、理恵の勉強の効率はグッと上がった。

今まではどこかクラスメイトの皆と見えない壁があるようだった彼女だが、ファミレスでの勉強会と、その後のカードゲーム大会を通して色々と吹っ切れたというか、活発な性格に変わった。

授業の合間の休み時間なんかに、よく俺のところに来て、勉強の質問をしてくるようになったのだ。

朝、昼、放課後と補習があるので多忙な毎日であることには変わりないが、俺たちのグループと仲良くなり、人間関係のストレスをなくしたことで、勉強にちゃんと身が入るようになったのだろう。

父親を亡くし、しかも転校先でまともな友人もおらず一人……という今までの状況じゃ、そりゃあ集中して勉強なんてできるわけがないからな。

ファミレスでの勉強会がきっかけとなって、少しでも理恵の精神的な負担を和らげることができたなら何よりだ。

そして時は経《た》ち、あっという間に7月になった。

期末テストまで残り半月を切っている。

きっと、理恵のために俺ができることはまだまだあるはずだ。

彼女を留年させないためにも、これからも気を引き締めてサポートしていかなくては。

俺はそう胸に誓った。

第4話

7月に入ってから、長崎の気温はグッと上がった。

うだるような暑さが俺たちを襲い、外でやる体育の授業や長袖の作業服を着なければならない実習の授業は、文字通り地獄のような苦しみを伴う。

だがこの暑さにへばっている場合ではない。

何故《なぜ》ならば、期末テストまであと半月を切っているからだ。

理恵の留年を回避するためには、半月前からしっかりと期末テストを見据えて勉強を教えていく必要がある。

というわけで。

俺たちは日曜日を利用し、町の図書館へと勉強会をするためにやって来た。

ガラス張りの外装が美しい長崎市の図書館は、繁華街からそう遠くない場所にあり、アクセスしやすい。４階建ての巨大な建物で、当然蔵書数も長崎県内ではトップクラスだ。

設備も整っていて、本を読むスペースだけでなく、パソコンルームやグループ学習室なんかも揃《そろ》っている。また、小さなカフェも併設されているのだ。

今回の勉強会のメンバーは、俺、理恵、慎太郎、善兵衛、心晴《こはる》、奈央《なお》の計６人。

昨日の夜に愛菜《あいな》も誘ったのだが、『推しのVライバーが卒業したから何もやる気が出ない』という返信が来て、不参加となった。

オタクにとって推しが消えるというのは一大事件だからな。今はそっとしておいてやろう。

日曜の昼間に図書館前に集合した俺たちは（慎太郎と善兵衛はまた10分遅刻してきた）、早速入館した。

中に入ると、クーラーの涼しい風が肌をなでる。

夏はクーラーがガンガンに効いているこの図書館に来て勉強をする、という長崎の学生はきっと俺たち以外にも多いはずだ。

1階のカウンターでグループ学習室の利用申請をした俺たちは、そのまま階段を上がって2階へ。

グループ学習室は、大人が軽く10人は入りそうな、広々とした会議室のような場所だ。テーブルやスピーカー内蔵のプロジェクター、さらにはフリーWi-Fiまで用意されており、部屋の壁は完全防音なので声を上げても問題ない。まさに至れり尽くせりの空間である。

そんな部屋を1つ貸し切って、俺たちは勉強会をするはずだったのだが――

「えーそれでは、ただいまよりアニメ『クラスの陽キャギャルが実はゴリゴリの隠れアニメオタクで、陰キャの俺に一緒にアニメを見ようと迫ってきたんだが』の鑑賞会を始めますぞ」


メガネをスチャリと上げ、荘厳な声色でそう言う善兵衛。

そう。俺たちは何故か、このグループ学習室でアニメ鑑賞会を始めていた。

そもそも最初にアニメを見たいと言い出したのは、他でもない理恵。

彼女は以前、オタクである俺たちともっと仲良くなろうと、アニメをたくさん見てくるという涙ぐましい努力をしてくれた。

だが彼女が見たアニメは、なんと『トラえもん』と『ヤドカリさん』。

どちらも超国民的アニメであることは間違いないのだが、俺たちのようなアニメオタクがカバーする範囲ではなかった。

基本的に、俺たちのようなオタクが見るのは深夜アニメである。そのため、残念ながら彼女の努力は空回りする結果となってしまった。

どうやらそれを未《いま》だに残念に思っていたらしい理恵が、このグループ学習室に入って開口一番に「皆さん、今から一緒に深夜アニメを見ませんか」と提案してきたのである。

え、今ここで？

俺は思わずそう言いかけたのだが、冷静に考えてみるとここはプロジェクターの置かれた完全防音の密室。フリーWi-Fiも通っているので、アニメを大人数で鑑賞するにはうってつけの空間だったのである。

というわけで早速、善兵衛がいつも持ち運んでいるノートパソコンをプロジェクターとつなげ、動画配信サイトにアクセス。

そこで公式チャンネルが無料公開しているアニメ『クラスの陽キャギャルが実はゴリゴリの隠れアニメオタクで、陰キャの俺に一緒にアニメを見ようと迫ってきたんだが』の第1話を部屋のスクリーンに映し出した。

部屋の明かりを消し、これで準備は完了だ。

俺たちは薄暗いグループ学習室の中で椅子に座り、スクリーンと向かい合っている。

何故こんなことになっているんだ。

そう思わずにはいられないのだが、他ならぬ理恵《りえ》自身のお願いなので無下にするわけにもいかない。

「それにしても驚きました。アニメって、ネットで見ることができるんですね」

理恵が言うと、心晴がアハハと元気に笑った。

「最近は、公式チャンネルが1話だけ常時無料公開とか、最新話は1週間だけ無料公開とかやってたりするからね。実際、深夜にやってるアニメをリアルタイムで追うのって大変だから、ネット視聴勢はかなり多いよ」

「なるほど……アニメの世界は奥が深いんですね」

理恵が感心するようにうなずく。

確かに、アニメは昔よりも視聴しやすい時代になった。アニメだけでなく特撮番組なんかもネットで配信するようになったし、動画配信サイト限定の特別映像を公開していたりもする。

リアルタイム視聴が困難な俺たち学生にとって、ネット配信はとてもありがたい。

「さあ、それでは再生しますぞ！」

善兵衛がそう言いながらパソコンを操作する。

すると、スクリーンに映し出された映像が動き出した。

『クラスの陽キャギャルが実はゴリゴリの隠れアニメオタクで、陰キャの俺に一緒にアニメを見ようと迫ってきたんだが』。つい先日放送が開始した夏アニメで、俺もまだ第1話は視聴していなかった。

確かこの作品はライトノベルが原作で、根強いファンの多いラブコメらしい。これは期待できそうだ。

◆　◆　◆

物語は、主人公である高校生の男子の部屋から始まる。

目覚まし時計の音が鳴り、主人公が目を覚ます。

「ふぁ～あ、よく寝た……っていけねっ、もうこんな時間じゃねぇか！」

時計の針を見て仰天した主人公が、慌てて着替え、リビングに走る。そこでは優雅に朝ご飯を食べる母親と妹の姿が。

「もうおにぃ、今日も寝坊助《ねぼすけ》さんなの？」

中学生ぐらいと思《おぼ》しきツインテールの妹が主人公に言ってくる。高校生にもなって妹から『おにぃ』って呼ばれるの、冷静に考えたらめちゃくちゃ滑稽だな。

するとと母親が、困ったように頬に手を当てて
「もう、ちゃんと早起きするようにいつも言ってるのに……」

と呟《つぶや》く。

こういう作品で出てくる母親って、大抵年齢がよくわからないキャラデザで、異様に可愛《かわい》いんだよな。

ニッチな層にウケて肝心のヒロインよりも人気が出てしまうこともしばしばだ。

主人公は「うるせぇな、そう思うんならとっとと起こしてくれよ！」と怒鳴り、食パンのトーストを口にくわえたまま急いで家を飛び出した。

なんか全体的にノリが古臭いな、この作品。

そして、パンをくわえたまま通学路を全力疾走する主人公。すると突然、主人公の独白が始まった。

『俺の名前は角田《つのだ》恭平《きょうへい》。高校2年生だ。はーあ、今日も最悪な1日が始まっちまったぜ。つまらない勉強、つまらない部活、つまらない学校生活。そんな代わり映えのしないつまらない日々を、俺はただただ無気力に過ごしていくだけだ』

ああ、よくある無気力系の主人公か。

何故なのか分からないけど、ラブコメジャンルのライトノベルって無気力系の主人公が『代わり映えのしない日々』に文句を言うって感じの独白から始まるパターン多いよな。

嫌いじゃないけど、もうちょっと捻《ひね》りをくわえた方が良いんじゃないか？

あまり似たような展開の作品ばかりが界隈《かいわい》に増えると、読者が離れちまうと思うんだが。

それから学校に着いた恭平は、机に突っ伏し、寝たふりをして学校生活を過ごす。

どうやら彼は学校のカーストの最底辺にいるらしく、時々クラスの陽キャグループの奴《やつ》らからいびられたりしている。

『あーあ、なんだよこいつら。クラスでギャーギャー発情期のサルみたいにわめいちゃってさ。こういうリア充、ほんとにムカつくんだよなぁ。リア充爆発しろって感じ』

恭平が寝たふりをしながらそう独白をした。

『リア充爆発しろ』ってワード、久々に聞いたぞ。やっぱ全体的にノリが古い感じのラブコメだけど、たまにはこういうのも悪くないか。

そして放課後。

恭平が帰る途中でアニメショップに寄ると、そこには何とクラスの陽キャギャルがいた。学校で恭平をいびっている陽キャグループに所属している女の子だ。

「げぇッ!? お、お前……理沙《りさ》か!?」

恭平がその陽キャギャル――理沙の姿を見て驚きの声を上げる。

「なんで陽キャのお前がこんな陰キャオタクしかいないアニメショップにいるんだ!?」

すると理沙が慌てたような表情で、

「きょ、恭平!? 違うのよ、これには事情があって……!」

と手をブンブンと振った。

まあそこからなんやかんやあって、クラスの陽キャギャル・丸山《まるやま》理沙が実はゴリゴリのアニメオタクであることが判明。

その秘密を知ってしまった恭平は、理沙から『このことを誰にも言わないように!』と念を押される。

こうして、ひょんなことから秘密を共有することになった恭平と理沙は急接近。

そしてある日の休日、理沙から電話が来た。

「おう、どうした理沙？」

『ねえ恭平、今から私の部屋に来てよ！』

それを聞いて焦る恭平。

「えぇ!?　な、なんでいきなり!?」

『いや、一緒にアニメを見たいなーって思って』

「ど、どうして俺なんだよ！」

どぎまぎしつつ彼は続けた。

「お前、クラスにいっぱい友達いるだろ！　そいつら誘えばいいじゃん！」

すると理沙が、少し気恥ずかしそうな声色で返す。

『だ、だって……私がアニメオタクだってことは皆には内緒だし……』

「そ、それで俺と……？」

『うん……やっとアニメの趣味を共有できる奴と仲良くなれたからさ……だから今の私には、アンタしかいないのよ！』

その言葉を聞いて恭平が顔を真っ赤にした。恭平、チョロいな。

それから、理沙に言われた通り彼女の家にやって来た恭平。

初めて女の子の部屋に入るらしい恭平が、心臓をバクバクと言わせながらチャイムを押した。

そして綺麗《きれい》に整理整頓された理沙の部屋に入り、初々しい感じで彼女と接する恭平。理沙もまんざらではなさそうだ。

そして二人は、肩を並べてスマホでアニメを見る。

画面が小さいので自然と顔が近付いてしまうわけだが、ふとした瞬間にそれに気づいて恭平と理沙がドキッとした。

ラブコメしてるなぁ～。

「ご、ごめん！」

謝る恭平。

「いいっていいって！　気にしないでよ！」

そう返す理沙。

そこからちょっと雰囲気が良くなり、恭平が気付いた。

『あれ!?　もしかしてこれって……キスをしてもいい流れなのか!?』

いやぁどうだろうな。流石《さすが》にそれは気が早いんじゃないか。

まあ30分アニメなので展開が速いのは仕方ない。尺の都合だな。

そこから二人は見つめあい、少しずつ口が近付いていき、キスしそうな一歩手前で――

――エンディングに入った。

軽快な音楽が流れ、ＳＤ化されたキャラたちが可愛らしく踊っている。

あー、こりゃあれだな。次回のエピソードでなんやかんやあってキスできなくなるパターンのやつだな。

主人公とメインヒロインがキスできるのは最終回あたりまでお預けだ。

◆　◆　◆

こうして、長崎市立図書館のグループ学習室で行われたアニメ『クラスの陽キャギャルが実はゴリゴリの隠れアニメオタクで、陰キャの俺に一緒にアニメを見ようと迫ってきたんだが』第1話の鑑賞会は終了した。

善兵衛《ぜんべえ》がパソコンの電源を落とし、部屋を明るくする。

最初に声を上げたのは、慎太郎《しんたろう》であった。

「いや～～～～……素晴らしいアニメだったなッ！　物語の端々に、感動的な純文学を感じたッッ!!」

岩のようにたくましい拳を振り上げて叫ぶ慎太郎。

前々から思ってたけど、お前にとっての純文学って何なんだ。

するとと善兵衛が、微笑《ほほえ》みながら腕を組んだ。

「実は小生、この第1話は既に先日リアルタイムで視聴済みだったのです。しかし、何度見ても面白いですな！」

奈央《なお》もウンウンとうなずきながら、

「私、このアニメの原作は昔から読んでたんだけどさ。変な原作改変とかもなく、忠実にアニメ化をしてくれてて安心したー！　すごくキュンキュンしたよ〜!!」

と言う。

流石ラノベオタクの奈央、原作はとっくに履修済みか。

「一から十までテンプレって感じだったけど、作画も普通に良かったし、手堅く楽しめるアニメだね。ま、悪くないんじゃない？」

心晴《こはる》がそう言って頭の後ろで手を組んだ。斜に構えてはいるが、なんだかんだこのアニメを楽しめてご満悦って感じの顔である。

「……で、どうだった、理恵《りえ》？」

俺は肝心の理恵に話を振った。

このアニメ鑑賞会は元々、深夜アニメに全く馴染《なじ》みのない理恵が、俺たちと話を合わせたいからということで始まったものだ。

果たして彼女は、この深夜アニメを楽しめただろうか。

　まあ話はシンプルで分かりやすいラブコメものだし、男女問わず楽しめる内容だったので、きっと理恵もお気に召したことだろう。

　これをきっかけに、彼女も深夜アニメをたくさん見てくれるようになるとうれしいのだが……。

「え……これ、どうして主人公はヒロインに好かれているんですか……？」

　眉間にしわを寄せ、神妙な面持ちで答える理恵。

「「「え!?」」」

　完全に予想外の返答だったので、俺たちオタクは目を見開いて驚愕《きようがく》してしまった。

　途端にグループ学習室の中に重苦しい空気が立ち込める。

「ご、ごめんなさい、こんなこと言っちゃって……ただ、本当に展開がよく分からなかったもので……」

　理恵が、口元に手を当ててオロオロとうろたえた。

「え……え……ぐ、具体的にどんなところがよく分からなかった……？」

　昔から原作のファンである奈央が尋ねる。その表情は、お気に入りの作品のウケがあまり良くなかったことに、明確にショックを受けているようだった。

「いや、その……色々と展開が都合良すぎませんか？　物語なので多少の都合の良さは許容できますけど、説得力がないというか……。あの女性の方……理沙さん、でしたっけ？　今まで散々主人公の恭平さんを学校でいびっておきながら、アニメ好きであることがバレた途端にコロッと恭平さんになびくのって、不自然じゃありませんか？　なんであんなに簡単に両想《おも》いになるのですか？　せめて、『学校でいびっててごめんなさい』という謝罪の一言を理沙さんは恭平さんに言うべきだと思うのですけれど……」

「せ、正論と言えば正論だけど……それを言っちゃうとラブコメって成り立たないというか……」

奈央が声を上ずらせながら言う。

まあ理恵の言い分も分からんでもない。

基本的にラブコメは、都合よくクラスの一番可愛《かわい》い子が急に好きになってくれたり、そこまで行かずとも急接近するイベントが発生したりする。

主人公に圧倒的な『男としての魅力』があればいいのだが、そういう説得力もないままに両想いに発展されると、理恵としてはどうしても納得いかないのだろう。

しかもこの作品の場合、ヒロインは主人公をいびっていた陽キャグループの一員という微妙にヘイトの溜《た》まる立ち位置なのがまた厄介だ。

「そ、そんな……このラブコメの中に隠された『純文学』を理恵が理解してくれなかっただなんて……ッッ!!」

そう呟《つぶや》きながらがっくりとうなだれる慎太郎。

悪いけど純文学に関しては俺も全く理解できなかったぞ。

「すいません、皆さん……私、深夜アニメを見るのに向いてないみたいです……」

理恵が申し訳なさそうな顔でまたしても謝ってきた。

するとと善兵衛が、「いいや、まだです！」と声を上げて勢いよく立ち上がる。

「ご安心ください、理恵殿！　アニメの好き嫌いなんてものは誰にでもあります！　アニメ1作品だけ見てそれが肌に合わなかったからといって、深夜アニメ全般が向いてないと決めるのは早計！　あまりにも早計！」

善兵衛はそこで一呼吸おくと、さらにメガネを輝かせて力説を続けた。

「もう一本！　もう一本アニメを見ましょう！　今回見るのは私イチオシの夏アニメ、その名も『烈風戦艦ヴァルツァー』!!　なんとこちら……ロボットアニメなのです!!」

「あ、そのアニメ私も気になってたんだよね！　ちょうどいいや、ここで皆で見ようよ！」

心晴がそう口を挟んでくる。

『烈風戦艦ヴァルツァー』……たしか、昔から良質なアニメを制作してきた日本有数の老舗スタジオである『スタジオくらうん』が、これまた日本有数のプラモデルメーカーである『パンタイ』とガッツリ手を組んで制作したアニメだったな。

アニメの放送とタイアップして劇中の機体を順次キット化していくようで、そりゃあガチガチのロボットオタクである善兵衛ならこの作品に対する熱量も高いだろう。

「『烈風戦艦ヴァルツァー』……当然小生は先日のアニメ第1話地上波放送をリアルタイムで見ましたが、これも例の如《ごと》く公式チャンネルにて無料配信されているので、皆で見ましょう！　いかがですか、理恵殿！」

「なるほど、ロボットアニメですか……いいですね！　そういう作品も見たことないので、私、すごく楽しみです！」

清楚《せいそ》な笑みを浮かべて言う理恵。

俺たちはここに勉強会をするために集まったはずだったのだが、気が付けばアニメ鑑賞会が続行されることとなってしまった。

とはいえ、こういうのも理恵がクラスメイトたちと交流する大事な時間。

留年回避を懸けた期末テストまではあと半月を切っているが、だからといって気を張り詰め過ぎても良くないし、こういう時間は案外重要だ。

下手に水を差すような真似《まね》はしないようにしなければ。

◆　◆　◆

時は西暦3000年。

地球の資源が尽きてしまった人類は、新たな居住地を求めた。そして人類の一部が巨大な宇宙戦艦である『ヴァルツァー』に乗り、宇宙を旅する……というのがこの作品の大まかなあらすじだ。

もちろんこの宇宙航路、順風満帆に進めるはずはない。

第1話では、宇宙空間を進むヴァルツァーを謎のエイリアン集団が襲う。そこで活躍するのがヴァルツァーに搭載された数機の巨大ロボットたち。

主人公やその仲間は、命を懸けて巨大ロボットを駆り、宇宙空間を舞台にしてエイリアンの軍団と熾烈《しれつ》な戦闘を繰り広げる。

この戦闘シーンは全てCGで作られており、ダイナミックにぐりぐりと動くアクションはまさに圧巻の一言であった。

基本的に深夜アニメは低予算で作られることが多いが、このアニメに関して言えば、日本トップクラスのシェアを誇るプラモメーカーとタッグを組んでいるということもあって、しっかりと予算を組めたのだろう。

そして第1話は、主人公たちが激戦の末エイリアンを倒すも、そこに新たな謎のエイリアン集団がやって来る……という手に汗握る展開で終わった。

◆　◆　◆

うーむ、これはすごい。

ロボットや戦艦のデザインがかっこいいのはもちろんのこと、SF的世界観を崩さないよう徹底的にデザインされた背景美術やアクションのクオリティも非常に高い。

ストーリーも、第1話なのでとっつきにくい説明台詞《ぜりふ》は極限までそぎ落とされており、分かりやすい。

SFというだけで『小難しそうだから嫌』と拒否反応を起こしてしまう人でも、このアニメなら問題なく楽しめるはずだ。

また、今すぐ第2話を見たいと思わせるラストのクリフハンガーもお見事である。

善兵衛がパソコンの電源を落とし、部屋を明るくする。

最初に声を上げたのは、またしても慎太郎であった。

「いや～～～～……素晴らしいアニメだったなァッッッ！　物語の端々に、感動的な純文学を感じたッッッッ！！！！！」

岩のようにたくましい拳を振り回して叫ぶ慎太郎。

お前それはもう純文学って言いたいだけだろ。

「でもほんと、すごく面白かったね！」

「そうだね！　私はあんまりロボットアニメ見ないけど、これはすっごく熱くて良かった！　これは来週からも見ないと！」

奈央と心晴がはしゃぎながら口々に言う。

そんな感想の言葉を聞いた善兵衛《ぜんべえ》が、「そうでしょう、そうでしょう！」と相づちを打ちながら満足げにうなずいた。

「やはり、ロボットアニメは素晴らしいのです！　最高なのです！　いかがでしたか、理恵殿！」

満面の笑みを浮かべ、理恵に話を振る。

善兵衛の笑顔の中には、『このアニメならば気に入ってくれたはずだ』という絶対の自信が込められていた。

実際の所、善兵衛がここまで自信満々になるのも納得の素晴らしいアニメだった。

きっとこれなら、理恵も熱中して視聴できたはず――そう思いながら俺は彼女の方を向く。すると……。

「え……これ、どうして人がロボットに乗る必要があるんですか……？」

パリンッッッッッ！！！！！

パリッ

その刹那、善兵衛のメガネが粉々に割れた。

「ど、どうしてって言われても……」

あまりに身も蓋もないことを言い出すので、俺は思わず困惑してしまう。

すると理恵《りえ》は、相変わらずのオロオロ顔で
「だ……だって……これだけ技術が発展した世界でのお話なら、ロボットなんて安全な場所から遠隔で操縦すればいいじゃないですか……っていうかそもそも、人型の巨大ロボットって、兵器としては非効率的じゃありませんか？」

と言った。

「例えば、ロボットが出てくるなら『トラえもん』という作品がありますし、私も大好きです。あれにもトラ型のロボットっていう非現実的なものが登場しますけれど、作風がコメディだから許容できるんですよ」

ふむふむ、なるほどな。

「でも、今回のようなシリアスな作品で『非現実的な巨大人型ロボットを人間が直接乗って動かす』という展開が何の脈絡もなく出てきてしまうと、すごく滑稽に思えてしまって……それならせめて、普通に戦闘機とかで良くないですか？」

「それはまあ正論かも知れませんが！！！　そこにはロマンがないではありませんん

か！！！」

血の涙を流しながら叫ぶ善兵衛。

「確かに！！！　わざわざ人型の巨大ロボットを作るなんて……兵器開発の観点から見ればありえない！！！！！！　あまりにも非効率的！！！！！　それを人が直接乗って操縦するというのも！！！！！！　非常に危険！！！！！　でも！！！！！　だから良いのです！！！！！」

「そ、そんなこと言われても……どうしても冷めてしまって……」

「痴《し》れ者《もの》めが貴様ァァァ！！！！！」

善兵衛は普段のキャラを忘れてシンプルにブチギレだした。

「お、落ち着け善兵衛！」

「鎮まれッッ!!　鎮まれ善兵衛ッッ!!」

暴れくるう善兵衛を、俺と慎太郎《しんたろう》で必死に押さえつける。

「ご、ごめんなさい！　まさかそんなに怒らせてしまうとは思いませんでした！」

理恵がペコペコと謝った。すると心晴《こはる》が陽気に笑いながら、

「そんな気にしなくても良いよ！」

とフォローを入れる。

「でも……せっかく皆さんと話を合わせるために深夜アニメを見たのに、私が難癖ばかり

つけて皆さんをがっかりさせてしまいました……」

「いやいや、別に難癖じゃないよ」

「ああ、俺もそう思う」

俺は善兵衛を押さえ込みつつ、心晴の言葉に同意した。

「『リアリティがないからつまらない』と理恵自身が思ったなら、その気持ちは大事にした方が良い」

「だね。変に私たちオタクの感性に合わせようとしたら、理恵らしさがなくなっちゃうよ」

俺たちがそう言うと、理恵は恐縮したように首をすくめる。

「私らしさ……ですか……？」

すると今度は、奈央《なお》が微笑《ほほえ》みながら声を上げた。

「そうだよ！　私たちと話を合わせようとして、理恵ちゃんが今回深夜アニメを見てくれたのは、すっごくうれしいけどね！　でも、だからってその界隈《かいわい》のノリに無理に染まる必要なんて全くないんだよ！」

その通りだ。どんなコンテンツにも向き不向きというものはあって、無理に馴染《なじ》もうとする必要は全くない。

そもそも深夜アニメは今でこそ市民権を得てはいるが、それでも客観的に見ればかなりクセのあるコンテンツなのは間違いないからな。

その時、ようやく平静を取り戻した善兵衛が、ポケットから出した予備の新品メガネをスチャリとかけながら「フム……確かにその通りですぞ！」と言う。

「ようやく落ち着いたか善兵衛ッ！」

「ええ、慎太郎殿。理恵殿も、急に怒鳴ってしまい大変申し訳ありませんでした。小生、一生の不覚」

「い、いえいえ……」

それから善兵衛は一呼吸おくと、理恵の方を見据えて真剣な表情で口を開いた。

「例えばです、理恵殿。理恵殿は以前、『トラえもん』や『ヤドカリさん』といったアニメを見た時、楽しいと感じましたか？」

「は、はい。とても面白かったです」

コクリとうなずく理恵。

「『トラえもん』も『ヤドカリさん』も超国民的アニメであり、言うなれば老若男女誰が見ても楽しめるように設計されております。それと比べれば、深夜アニメはやはり我々オタクをターゲットとして作られているので、どこかしら尖《とが》った要素が多いです。恐らく、そういった部分は理恵殿には受け付けないかと思われます」

「な、なるほど……」

「でも、それならそれでいいのですよ。どんな作品にも合う、合わないはあるのですから」

するとそこで、心晴が「実はさ」と口を挟んできた。

「私ね、昔から『トラえもん』が苦手なのよ」

それを聞いた理恵が驚く。

「えっ……そうなんですか？　どうして……」

「あの作品さ、『ザイアン』っていうあだ名のキャラが出てくるでしょ？　主人公ののり太をいつもいじめてる、町のガキ大将の奴《やつ》」

「はい、いますね」

「あいつがのり太をいじめる描写がさ、コメディ作品だということを念頭においてもどうしても穏やかな気持ちで見られなくって。ギャグだろうがなんだろうが、やっぱりいじめなんて良くないわけじゃん。もちろん物語の舞台装置としての役割で、ザイアンが主人公をいじめるって流れが必要なのは分かるよ。でもだからこそ、『いじめ』を舞台装置として扱うのが許せなくてさ」

そして心晴が気恥ずかしそうに、頭をポリポリとかきながら笑った。

「私が言ってるのもさ、難癖と言えば難癖なんだろうけど……まあ結局何が言いたいかって言うと、『トラえもん』クラスの国民的アニメでも、苦手な人はこうして一定数いるわけよ。そう考えれば、理恵が深夜アニメのノリにいまいち馴染めないのも別に不思議な話じゃないでしょ？」

「確かにそうですね」

「だからこれからも理恵はさ、無理に深夜アニメを見ようとしないで、『トラえもん』や『ヤドカリさん』を毎週楽しめばそれで良いんだよ。私たちと話を合わせようとしないで、一方的に『今週のトラえもんは神回だった！』って胸張って言ってくれていいんだからさ！」

心晴が爽やかな笑顔で言う。

対する理恵が、不安そうな表情で「でも……」と声を上げた。

「心晴さんは、『トラえもん』が苦手なんですよね？　そんな心晴さんに向かって『トラえもん』の話をして、不愉快じゃありませんか？」

「ぜ――――んぜん！」

笑顔のまま即答する心晴。

「それはそれ、これはこれ！　他人の好きは絶対に否定しないのが、私の信条なの！」

心晴は胸を張り、堂々と言ってのけた。

「心晴さん……！」

それを聞いた理恵は、感動したように瞳を潤ませて笑う。

「……」

俺は無言でそんな二人を交互に見比べる。

えっと……良いこと言った風な空気になってるところ悪いんだけど、心晴はこの間のファミレス勉強会の時に、愛菜《あいな》の大好きなVライバーをコテンパンに罵倒していた女だぞ。いまいち発言に信ぴょう性がないというか、いつも調子の良いことばっかり言ってるよな、心晴は。根は悪いやつじゃないんだが。

「まあとにかく、俺たちと話を合わせようとしてくれてることはうれしいけどさ。でも俺らって、そんなことしなくたってとっくに友達だろ。だから気にしなくて良い」

俺は率直に、今の想《おも》いを理恵に伝えた。

人と仲良くなることは難しい。

仲良くなれても、その関係を良好のまま続けていくのも難しい。

だから理恵は、俺たちのグループと仲良くあり続けるために今回こうして歩み寄る努力をしてくれた。

それは本当にありがたいことだ。

でも別に、少しぐらいアニメの好みや話題が合わなくたって、俺たちはちゃんと仲良くやっていけるはずだ。無理して話題を合わせる方が、よっぽど人間関係に軋轢《あつれき》を生む。

「そういうことだぜ、理恵ッ！」

「そうですぞ、理恵殿！」

「うんうん！」

慎太郎、善兵衛《ぜんべえ》、奈央が次々と俺に同意してきた。

それらの言葉を聞いた理恵が、俺たちの顔をゆっくりと見回し、そして深々とお辞儀する。

あまりにも綺麗《きれい》なお辞儀だったので、俺たちの方も変にかしこまってしまった。

「ありがとうございます、皆さん！」

そして彼女は、ゆっくりと顔を上げてから上品に顔をほころばせる。それを見た慎太郎たちも、満足げに頬を緩ませていた。

ごく一般的な階級の家庭で生まれ育った俺たちオタクと、超上流階級で生まれ育った理恵。

本来なら絶対に交じりあうことのない俺たちの友情が、奇妙な形で花開いていた。

◆　◆　◆

深夜アニメ鑑賞会の終了後、俺たちは本来の目的である勉強会を3時間ほどみっちりと行った。

前回のファミレス勉強会の際はあまり真面目に参加していなかった慎太郎と心晴も、今回は真面目に勉強をしてくれた。

その勉強会を終えて図書館を出た時、時刻は午後の5時。オレンジ色の暖かい夕焼けが、長崎の街並みを淡く照らしていた。

帰る前に近くのアニメイトに寄っていこうか、なんて皆で話しながら歩いていると、唐突に慎太郎が「アッッッッッ！！！！！」と大声を上げる。

「なんだよ慎太郎。急に大声を出すんじゃねぇ」

俺がゴリラの奇行に心底うんざりしながら文句を言うと、そのゴリラは前方をビシッと指さした。

「おいほら、あそこッッ!!」

ゴリラが指し示す先は、車道の向かい側。そこによくよく目を凝らしてみると——なんと、愛菜がトボトボと一人で歩いていた。

「愛菜……なのか？」

俺は思わず疑問形で言葉を紡ぐ。

というのも、今俺たちの前方にいる愛菜は、何というか……いつものようなギャル特有の『覇気』や『瑞々《みずみず》しさ』みたいなものがまっっっっったくなかったからだ。

普段なら化粧ばっちりで出歩いているくせに今日はすっぴんで、その肌は梅干しのようにしわしわにしおれている。

つけまつげのない目は小さく、眉も気弱そうに垂れ下がっていた。

歩き方はびっくりするほどの猫背で、その背中にはまるで疫病神でも憑《と》りついているかのようだ。

「な、なんか……愛菜ちゃん、おかしくない？」

「ですな……あれはいつもの愛菜殿ではありませんぞ……！」

奈央と善兵衛が心配そうに声を上げた。

すると心晴《こはる》が、あごをさすりながら「そう言えば……」と呟《つぶや》く。

「ねえ健斗《けんと》」

「ん？」

「今日愛菜が勉強会に不参加だった理由って、『ずっと推してたVライバーが引退しちゃって何も手に付かないから』……とかだったよね？」

「ああ、そうだ」

俺がうなずくと、心晴はニタァ……と意地悪い笑みを浮かべた。

「……何考えてる？」

「愛菜を煽《あお》る」

「まったく、お前って奴は……」

俺は呆《あき》れたが、心晴はお構いなしに大声を上げる。

「お────い、愛菜────!!」

そして彼女は、車道の向こうにいる愛菜に向かってブンブンと手を振った。

俺たちの存在に気が付いた愛菜が、おもむろにこっちを向く。その顔は遠目に見ても分かるほど青ざめており、目の下にはクマが色濃くあった。

何だお前、死にかけか？

それから愛菜は、信号を渡って俺たちの方にのそのそとやって来る。そして、

「……どうかした？」

とボソリと呟いてきた。

「どうかしたって……お前の方こそどうしたんだよ？」

「そうですぞ愛菜殿！　何か変ですぞ！」

すると愛菜は悲しそうにうつむき……なんと、泣き出したではないか。

「ううぅ……に、忍子《にんこ》ちゃんが……忍子ちゃんがぁ……い、引退しちゃったぁ……」

忍者系Vライバー、はやぶさ忍子。

愛菜が愛してやまないこのVライバーが、昨日突然引退してしまったのである。

この引退騒動はネット上のVライバーファンの界隈《かいわい》ではそれなりに話題になったようで、ＳＮＳのトレンドワードに浮上しているのは昨日俺も見た。

推しのVライバーが引退して悲しいという気持ちはまあ分かるが、それにしたって街中で泣きだすかね、普通……。

「引退しちゃって……か、悲しくて……昨日からずっと気持ちの整理がつかなくて……だからこうしてあてもなく歩いてたの……」

「お、おう……そうなのか……」

俺は困惑しつつも相づちを打った。

「な、泣かないでよ愛菜ちゃん！　元気出して！」

「そうですよ！　元気を出してください、愛菜さん！」

心優しい奈央《なお》と理恵《りえ》が、すすり泣く愛菜に慰めの言葉を口にする。

「うっ……ううっ……ありがとうね、二人ともぉ……！」

彼女は顔をくちゃくちゃにして泣きじゃくった。

すっぴんの愛菜の顔を見るのはこれが初めてだが、なんというか……こけしみたいな顔面だな。

いや、決して不細工というわけではない。むしろ正統派の大和撫子《なでしこ》って感じの、整った顔立ちなのは間違いないのだが……愛菜、お前って本当は一重まぶただったんだな。いつもつけまつげしてるもんだから気付かなかったぞ。

するとその時。

口角を吊《つ》り上げてニタニタしている心晴が、愛菜の肩にポン、と手を置いた。その姿は、絶好の獲物を前にして舌なめずりをしている肉食獣のようだ。

「こ、心晴……」

うるんだ瞳で心晴を見つめる愛菜。彼女も慰めてくれると期待したのかも知れないが——しかし心晴は、悪魔のような笑みと共に口を開いた。

「聞いたよ、愛菜。忍子ちゃんの裏垢《うらあか》バレからの彼氏バレ、炎上、引退……見事な大騒動だったねぇ……」

「……っっっ！！！」

その言葉を聞いた愛菜が、怒りに目を見開く。

「クックック……人気絶頂のVライバーが怒濤《どとう》の勢いで落ちぶれていくのを見るのは気分がいいねぇ〜〜〜？　えぇ〜〜〜？　そうは思わないかい、愛菜ちゅわ〜〜〜ん！」

「て、てんめぇ〜〜〜〜〜!!」

鮮やかに愛菜の逆鱗《げきりん》に触れる……どころか逆鱗を土足で踏み荒らしまくる心晴。

『それはそれ、これはこれ！　他人の好きは絶対に否定しないのが、私の信条なの！』

先程、心晴が理恵に告げた言葉が頭の中でよみがえる。

まったく、心晴って奴《やつ》は本当に気分屋だな。現在進行形で愛菜の『好き』をばちぼこに否定しまくってるじゃねぇか。

「お前には人の血ってモンが流れてねぇのか――――っっっ!?」

叫び声を上げながら殴り掛かる愛菜。対する心晴は、その卓越した運動神経を用いて愛菜のパンチを軽々と避ける。

「アッハッハ！　推しがしょうもないトラブルで引退した気分はどうよ～!!」

国民的アニメ『トラえもん』を、ガキ大将キャラが主人公をいじめるシーンが見てられないから苦手だ、と言っていた奴の発言とは到底思えない。

お前、今最も残酷ないじめをしているぞ。

「ち、ちくしょう……忍子ちゃん……！　忍子ちゃぁん……!!」

やがて愛菜は、心晴に攻撃を当てることを諦め、力なく膝から地面に崩れ落ちた。

サスペンスドラマで、最後に自分が罪を犯したことを白状する犯人みたいな迫真の動きである。

実は俺も昨日、ＳＮＳのトレンドワードに上がっていた際にはやぶさ忍子の引退騒動について調べたのだが……それはもう悲惨な顚末《てんまつ》だった。

全ての始まりは数日前。

ひょんなことから、はやぶさ忍子の中の人の裏アカウントが判明した。

それによると中の人は今年で40歳になる女性で、昔は動画配信サイトにて顔出しでゲーム実況をやっていた、そこそこ知名度のある実況者だったらしい。

この騒動に喰《く》いついたインターネットのアングラ住人たちは、彼女の裏アカウントの発言内容を徹底的に洗い出し、彼女が今とある男性と付き合っているという事実に辿《たど》り着く。

そこからさらに特定を進めていった結果、なんと付き合っている相手がこれまた人気の男性Vライバー、弓ヶ浜蓮司《ゆみがはまれんじ》であることが分かった。

弓ヶ浜蓮司。女性たちからアイドル並みの人気を獲得している男性Vライバーだ。

はやぶさ忍子と弓ヶ浜蓮司が熱愛中であるという恰好《かっこう》のスキャンダルを手に入れたインターネットのアングラ住人たちは狂喜乱舞。

意図的にSNS上で炎上騒動にまで発展させ、その火に様々な『ガセネタ』という名の油を注ぎ入れることで、どんどん炎上を大きくさせていった。

その結果、この二人のガチ恋勢だったそれぞれのファンは驚愕《きょうがく》し、失望し、絶望。インターネットはたちまち阿鼻叫喚《あびきょうかん》の地獄絵図と化したのである。

はやぶさ忍子と弓ヶ浜蓮司は急速に人気を失い――とうとう昨日、二人ともなし崩し的に引退をすることが発表された。

「どうしてなのよ忍子ちゃん……アタシと結婚してくれるって……言ったじゃん……！」

本当に言ったのか？　妄想か適当なリップサービスだろ。

「ううう……ううぅ……行かないで、忍子ちゃん……」

地面に、愛菜《あいな》の涙がぽたぽたと落ちて染みを作る。その様を見た心晴が、流石《さすが》に少し反省したのか、ハッと息をのんで眉をひそめた。

「……愛菜……」

そして心晴は愛菜のもとに歩み寄り、彼女の背中を優しくさする。

さらに愛菜の耳元に顔を近付けると、ボソリと呟いた。

「忍子の中の人、案の定〇〇〇〇だったねｗ」


「うわ――――――――ん！！！！！！！！」


愛菜は天を仰ぎ、人目もはばからず泣いた。

心晴は大口を開けて笑いながら、そんな彼女の背中をバシバシと叩《たた》きまくった。

俺たちはなるべく関係者だと思われないように少し離れた場所に移動し、遠巻きに愛菜と心晴の姿を無言で見つめ続けた。

……なんだこれ。

◆　◆　◆

まあそんなこともありつつ。

騒がしくも愉快な俺たちの学校生活はつつがなく進んで行き、今日は7月15日。

いよいよ明日から期末テストが始まる。理恵の留年回避がかかった大事なテストだ。

彼女の成績を上げるために何か協力したいところだが——理恵としては、大切なテストの前日は一人で集中して勉強に打ち込みたいと考えているかもしれないな。

そう思った俺は、帰りの会が終わって下校するタイミングになっても、理恵には何も言わず静かに教室を去ろうとした。

だがその時、後ろから理恵が「あ、待ってください健斗さん！」と俺のことを引き留めてきた。

「ん……どうした？」

するとと彼女は、少し気恥ずかしそうに顔を赤らめながら口を開く。

「あの……健斗さんが良ければ、この後一緒に勉強しませんか？」

「え？　ああ、もちろん良いぜ！　やろうやろう！」

まさか、理恵の方からわざわざ俺に誘いの言葉をかけてくれるとは思わなかった。当然俺としてはウェルカムだ。

「せっかくだし、他の奴らも呼ぶか！　明日のテストに備えて、皆でガッツリと対策を立てようぜ！」

俺がそう提案すると、理恵は食い気味に
「い、いえ！　できれば二人だけで勉強しましょう！」

と言ってきた。

「えっ……」

二人きりで勉強したい……こんなに可愛《かわい》い美少女からそう言われて、ドキッとしない男はいないはずだ。

一瞬心臓が飛び出しそうになったが、ここでどぎまぎするのはなんだかかっこ悪い。

俺は必死に平静を装いつつ、コクンとうなずいた。

「よ、よし！　じゃあ早速行こう！」

◆　◆　◆

ココウォーク。長崎市内で最も栄えている大型商業施設の名だ。

市街地からそう遠くないところにあり、出島工業高校からは歩いて十分ほどで行ける。

なんと建物の上に観覧車が丸々１つ設置されており、初めてここを訪れた観光客はそのビジュアルに度肝を抜かすことが多い。

1階はバスセンターフロア、2・3階はファッションフロア、4階はグルメフロア、5階はエンターテイメントフロア、6階はシネマフロア、といった形で階層分けされており、非常にアミューズメント色の強い商業施設となっている。

休日は若いカップルや家族連れでにぎわう、長崎でも屈指の娯楽スポットだ。

俺と理恵《りえ》は、ココウォークの5階へと足を運んでいた。

このエンターテイメントフロアには、巨大な本屋とカフェ、ゲームセンター、そして観覧車乗り場が併設されている。

放課後なので俺たち以外にも多くの学生がここに訪れてきており、本を物色したりゲームセンターで遊んだりと、皆思い思いの方法でこの空間を楽しんでいた。

俺たちはカフェに入ると、お互いにホットコーヒーを注文して席に着く。

木製のおしゃれなテーブルに向かい合う形で座り、店内に流れるジャズのBGMを聞きながらコーヒーを口に含んだ。

俺は甘党だ。シュガースティック4本、ミルク4つを投入して激甘にしたコーヒーが胃に染み渡った。

それから、俺たちを気まずい静寂が包み込む。

俺は勇気を振り絞り、先に口を開こうとした——のだが、ほんのコンマ数秒の差で、理恵が先に声を上げた。

「すいません、健斗《けんと》さん。テストの前日にワガママを言ってしまって」

「え？　いやいや、ワガママだなんて……でも、どうしてわざわざ二人きりで勉強を？」

「それは……どうしても、感謝を伝えたかったので」

「感謝？」

思いもよらなかった言葉を耳にして、思わず俺は復唱してしまう。

「勉強を教えてくれたこともそうですし……それに、クラスの皆さんと馴染《なじ》めるように、健斗さんはたくさん努力してくれたじゃないですか」

「いやあ……改めてそう言われると、ちょっと恥ずかしいな……」

彼女は口元に手を当て、クスクスと上品に笑った。それから、ブラックのコーヒーを優雅に飲む。

その一連の動作がやけになまめかしく、俺はとっさに目をそらしてしまった。

「？　どうかしましたか、健斗さん？」

「いや……なんでもない」

「そうですか。まあとにかく……明日の大切なテストの前に、ちゃんと時間を設けて、健斗さんに感謝の言葉を伝えたかったんです。そうじゃないと、私の気持ちが落ち着かなくって」

そして理恵は、俺の目をまっすぐに見据えてくる。その凜《りん》とした美しい瞳に射貫《いぬ》かれると、全身が緊張に強張《こわば》ってしまった。

理恵が、深々と頭を下げる。艶やかな黒髪が揺れ、石鹸《せっけん》の落ち着く香りが鼻腔《びこう》をくすぐった。

「健斗さん。今まで、本当にありがとうございました」

「……ああ。どういたしまして」

ここで何か、場を和ませられるような気の利いた一言でも言えれば良かったのだが、俺にはそんな洒落《しゃれ》たセンスはない。

いつも肝心なところでギャグを入れて滑りまくっている慶太《けいた》先生の二の舞になるのは嫌なので、余計なことは言わないでおこう。

こそばゆい気持ちになりながらも、甘いコーヒーをすすった。理恵の髪から漂ってくる石鹸の匂いとコーヒーの匂いとが混ざり合って、不思議な味がする。

「正直言うと……最初は、やっぱり困惑しました。いきなり、私の心のケアをしたいって言い出してきたじゃないですか」

「ああ、あれな。今思い出すと、俺の発言って相当痛い奴だったわ」

慶太先生から理恵が留年の危機にあると伝えられ、どうにかして助けてあげたいと考えたあの時の俺は、彼女と距離を縮めようとがむしゃらだった。

だからわざわざ理恵の補習が終わる時間まで待ち、彼女と帰り道を一緒に歩きながら、単刀直入に迫った。

君の心のケアがしたい。

だから君の家庭の事情をちゃんと教えてくれ。

冷静に振り返ってみれば、あの時の俺の発言は完全に異常者……というかストーカーのそれだが、でも後悔はしていない。

過去の俺の、理恵を助けたいという一心で取った無謀とも言える行動が、今に繋《つな》がっている。理恵の勉強の効率は劇的に上がったし、クラスメイトの奴《やつ》らとも仲良くなれた。そして今、二人きりでこうしてカフェで向かい合い、コーヒーを飲めている。

だからあの時の俺は間違っていなかったと、今は胸を張って言える。

「確かに最初は、イラッとしてしまいましたよ。父を亡くし、友人だと思っていた人たちに見下され、小さな家に引っ越し……そんな状況で、何も事情を知らない人がいきなり『助けたい』だなんて言ってきたんですから」

「……だよな……」

一歩間違えれば、俺はただただ気味の悪い男として、拒絶されて終わっていただろう。

ギリギリの綱渡りだった。

すると理恵は、神妙な面持ちから一転、明るい笑顔を見せながら
「さあ！　それじゃあここからは、明日のテストに向けて勉強をしましょうか！」
と言ってくる。
彼女の笑顔を見ていると、自然とこちらまで笑顔になってしまう。

◆　◆　◆

それから俺と理恵は、カフェで勉強を開始した。

ここで勉強する科目は、通信。

これも工業高校特有の専門科目であり、無線通信の技術や様々な法令などについて学ぶ。

明日の期末テスト1発目の科目がこの通信なので、重点的に対策をしておかなくてはならない。

俺はたくさんマーカーが引かれた通信の教科書を読み返しながら、目の前で必死にノートに書き込みを行っている理恵に向かって口を開いた。

「よし、じゃあ理恵。問題を出すぞ」

「はい、いいですよ！」

ノートに書きこむ手を止めて返す理恵。俺は教科書を見つめ、明日のテストで確実に出

題されるであろう部分を選んだ。

「電波法に定義されている用語の内、『電波』とは何Hz以下の周波数の電磁波のことを指すでしょうか?」

「300万MHzです!」

理恵が即答する。

「正解! じゃあ次の問題、3kHz～30kHzの周波数帯の波長に付けられている通称は?」

一瞬逡巡《しゅんじゅん》する理恵。それからコーヒーを一口含むと、

「超長波!」

と答えた。

「正解。じゃあ30kHz～300kHzは?」

「長波です!」

「300kHz～3000kHz」

「中波!」

「3MHz～30MHz」

「短波!」

よどみなく、すらすらと解答し続ける理恵。完璧な解答だった。

「よし、全部正解！　ちゃんと頭に入ってるな、理恵！」

俺が笑うと、理恵もはにかんだ。

通信科目のテストは、恐らく計算問題が2割、用語の記述問題が8割といった配分になるはず。だからここら辺の基本的な語句さえ覚えておけば、まず赤点を取ることはない。

「健斗さん、次は私が問題を出しますね！」

「ん？　ああ、いいぜ！」

俺は理恵に、自分が持っていた教科書を手渡した。

俺の教科書を受け取った彼女が、それを見て少し驚いたように目を見開く。

「うわぁ……すごくきれいにマーカーを引いていますね！　メモも要所要所にきっちりと書かれてて……これなら簡単に復習ができますね！」

「アハハ、ありがとう」

教科書への書き込みを褒められてこそばゆくなった俺は、照れながら頭をポリポリとかいた。

◆　　◆　　◆

それから1時間後。

勉強を終え、すっかり冷めてしまったコーヒーを飲み下した俺たちは、カフェを後にした。

「今日はありがとうございました、健斗さん」

下の階へと降りていくエスカレーターに乗りながら、理恵がそう言ってくる。

「いいんだよ」

「あの……健斗さん」

「ん？」

「変なことを聞きますけど……この期末テストが終わって、私の留年が回避されたとして……それでも、健斗さんは、私の友達でいてくれますか？」

「……え……？」

俺は、エスカレーターの手すりに少しだけもたれかかり、隣に立つ彼女の顔を見つめた。

理恵は今、少しだけ不安そうな顔でうつむいている。

「……フフフッ」

たまらず俺は吹き出した。理恵がパッと顔を上げる。

「……健斗さん？」

「いや、悪い、なんかちょっと面白くてさ」

「わ、私は真剣に聞いてるんですよ！」

「分かってるって！　でも……答えは1つに決まってるだろ。友達だよ」

その言葉を聞いた彼女は、安堵《あんど》したように頰を緩めた。

疑心暗鬼になる気持ちは理解できる。

理恵は、以前いたお嬢様学校・翡翠《ひすい》女子高校でひどい裏切りにあった。

友達だと思っていた人たちは、理恵が父親を失い、同時に『お金持ち』というステータスも失ったことで、とたんに彼女を迫害するようになった。

そんな経験をした彼女だからこそ、友情というものが一瞬でなくなってしまうものだと分かっているのだろう。

でも、だからこそ、俺はここで堂々と彼女に伝えてあげなくてはいけない。

「心配するな。俺たちは何があっても、絶対に理恵のことは裏切らない」

「……ありがとうございます」

今にも消え入りそうな声で、理恵が言った。俺はそんな彼女に、力強く笑いかける。

「テストが終わったら、皆でカラオケに行こうぜ！　その後は……またココウォークに来てさ。で、ゲームセンターで遊んでもいいし……なんなら、皆で観覧車に乗るのもいいかもな。映画館があるから、映画を見るのも悪くない。とにかくさ……もっともっと、いっぱい遊ぼうぜ！」

「……そうですね、健斗《けんと》さん！」

彼女が今までずっと努力してきたことは、俺が一番近くで見てきたのだからよく分かっている。理恵《りえ》ならきっとこの期末テストを乗り越えて、留年の危機も回避できるはずだと、俺は確信していた。

この辛《つら》い時期が終わったら、皆で遊びに行こう。

最高な奴らに囲まれて、最高に楽しいことやって、最高の時間を過ごして、悲しい過去を少しでも忘れよう。

◆　◆　◆

期末テストは、7月16日と7月17日の2日に分けて実施される。

1日目に実施されるのは通信、国語、数学、英語の4科目。

2日目に実施されるのは社会、理科、電気、情報の4科目。

今日から遂《つい》に、期末テストが始まる。

俺は緊張の面持ちで教室へとやって来ていた。

今最も気がかりなのは、理恵が留年を回避できるかということ。

全ての科目で平均以上の点数を取れていればセーフなので、ここまで必死に頑張ってきた彼女なら余裕でクリアできるとは思うが、それでも不安だ。

しかし、だからと言って。

そちらにばかりかまけているつもりもない。

何度でも言うが、俺は人の上に立つのが大好きな人間。この出島工業高校に入学してからずっと、定期テストで学年1位の成績を取ってきた男。

当然今回も、しっかりと1位を取る覚悟で勉強をしてきた。

理恵に色々と勉強を教えていた時間が無駄だったとは決して思わない。

勉強とは、人に教えられるようになって初めて身に付いたと言えるものだ。

そして俺は、彼女と勉強会をし、専門分野の基礎的なところを教えていく中で、しっかりとそれらを身に付けることができた。

だから今回は、むしろ今までよりもスムーズに、集中して期末テスト対策の勉強を行えたと感じている。

脅威なのは、いつも成績2位の善兵衛《ぜんべえ》の存在。

今度こそはこいつに成績を抜かされてしまうのではないかという恐怖は、どれだけ必死に勉強をしても拭うことはできなかった。

だがそれでも、自分の努力を信じてテストとぶつかるしかない。

俺が席に座ってひたすら教科書を読み返していると、朝の会の始まりを告げるチャイムが鳴った。それと同時に、慶太《けいた》先生が教室に入ってくる。

「よーしよし、皆ちゃんと席に着いているな？　今日は待ちに待った期末テストの日だ！　期末テストの日が遂に『来まつ』よ、なんつってな！」

とんでもない静寂が教室を包み込む。

テストに向けて皆気が立っているので、愛想笑いをする余裕もない。

……いやまあ、普段から先生のギャグはしっかりとつまらないので愛想笑いなんかしたことないのだが。

それから慶太先生は「コホン！」と咳払《せきばら》いをすると、気を取り直して口を開いた。

「とにかく、各自悔いのないようにテストに挑んでくれ！　期末テストが終わったら待ちに待った夏休みだ、頑張るんだぞ！」

もしも、理恵が無事に留年を回避できたら――夏休みは、海にでも誘うか。

◆　◆　◆

1時間目、通信。昨日ココウォークで理恵と勉強した範囲がばっちり出てきたので、完璧に解くことができた。思わず100点を確信してしまう、会心の出来栄えである。

2時間目、国語。国語は元々得意な科目だ。さほど詰まるところもなく解けた。

3時間目、数学。序盤のシンプルな計算問題は完璧に解けた自信はあるが、最後の長文問題は少し悩んでしまった。恐らく正解だと思うが、何とも言えない。

4時間目、英語。これも長文問題が鬼門だったが、冷静に解答することができた。

怒濤《どとう》の勢いで期末テストが消化されていき、あっという間に1日目終了。

今日の学校は午前中のみだ。

帰りの会の後、他のクラスメイトたちが一目散に教室を後にしていく中、俺は急いで理恵の席に向かった。

「理恵、どうだった？」

俺が緊張の面持ちで尋ねると、彼女はゆっくりと首を縦に振ってみせる。

「たぶん……大丈夫だと思います！」

それを聞いた俺は、ホッと胸をなでおろした。自然と頬が緩む。

「そうか……なら良かった！」

だが問題は明日だ。

理恵は元々、国語や数学といった一般科目は普通に解ける。しかし通信、電気、情報といった工業専門科目が大の苦手なのである。

通信はなんとかクリアできたようだが、明日の電気と情報でつまずいてしまう可能性も大いにある。

「これからどうする？　なんなら、今から昼ご飯でも食べがてらどこかに行って、一緒にいっそう勉強するか?」

　しかし理恵は、首を横に振った。

「ありがとうございます、健斗さん。でもいつまでも健斗さんにおんぶにだっこでいるわけにはいきません。今日は急いで家に帰って、一人で集中して復習しようと思います」

　そう語る彼女の目は、強い決意に満ちていた。決して俺に遠慮をしているわけでなく、今は一人で黙々と勉強をした方が自分にとってベストな復習になると確信している、そんな目だ。

　だったらもう、俺にこれ以上言う資格はない。

「よし、分かった!」

　するとその時、俺たちのもとに善兵衛がやって来た。

「お二人とも、今日のテストはどうでしたかな?」

「お前こそ、どうだったんだよ」

　俺が聞き返すと、善兵衛がニヤリと笑う。

「あえて言わせていただきましょう。今回の学年1位は小生であると!」

「大した自信だな」

「ええ。小生も努力しましたから」

　俺と善兵衛は、大親友だ。

しかしテストの成績に関しては、いつも真剣勝負で競い合っている。妥協も油断も忖度《そんたく》もせず、ひたすら真面目に研鑽《けんさん》をし合う仲なのだ。

そんな俺たちの会話を聞いていた理恵が、感心したように深く息を吐いた。

「すごいですね、健斗さんと善兵衛さんは。真剣にお互いを高め合う仲って感じで、とても素敵です！」

「まあ……こういうことでなれ合うのだけは嫌いだからね」

「同じく！」

スチャリとメガネを上げ、レンズをきらめかせる善兵衛。そこで一呼吸おき、神妙な面持ちで続けた。

「それで……理恵殿、留年は回避できそうですかな？」

「……正直、不安がないと言ったらウソになりますね。でも、きっと突破して見せます！」

力強く返す理恵。対する善兵衛は、うれしそうにうなずいた。

「承知しました！　では小生はもう帰ります！　健斗殿に勝つために、必死に勉強をしなくてはいけませんからな！」

「望むところだ、俺も負けないぜ！」

こうして、1学期の期末テスト1日目は無事に幕を下ろした。いよいよ明日、理恵の留年回避を懸けた後半戦が始まる。

◆　◆　◆

俺は元々、勉強が大の苦手だった。

一つのことを黙々とやり続けられる集中力というものが壊滅的に欠如していて、家に帰って宿題をしたりするのが昔から嫌いだった。

そんな状況を改善しようとして、俺は独自の勉強法を編み出した。

名付けて『タイムアタック勉強法』。

やり方はいたってシンプルだ。

最初に、5分ぐらいでクリア出来そうな簡単な目標を設定する。

『英単語を○○個書く』だとか、『数学の計算問題を○○問解く』みたいな感じだ。

それからイヤホンを着けて、5分ぐらいの長さの音楽を再生し、それを聞きながらひたすら自分で設定したノルマ達成のために勉強をする。

音楽が終わるまでにノルマをクリアできればステージクリア。それから5分間は、動画サイトを見るなりソシャゲをするなり自由に休憩し、また5分勉強をする――というルーティンの繰り返し。

もしもクリア出来なければ、休憩はなし。ぶっ続けでまた5分勉強をする。

それこそ、ゲームのリアルタイムアタックをしているような感覚で勉強をするのだ。

ただテスト勉強をする、というのでは中々やる気が起きないので、音楽を聴き、そこにさらに『5分以内に設定したノルマを達成する』というミニゲーム性を付与することで、俺の勉強の効率は劇的に上がった。

コツは、5分でクリア出来るかどうかギリギリなラインの目標を上手《うま》く設定することだ。ギリギリな難易度の方が時間との戦いに熱中でき、結果的に集中力が向上する。

全ての人にとって適した勉強法だとはお世辞にも言えないとは思うが、元々集中力が長く続かないタイプの俺には、このやり方が最も合っていた。

期末テスト1日目が終わった日の夜、俺は自分の部屋で黙々と、明日の後半戦に備えてこのタイムアタック勉強法を行っていた。

「……」

イヤホンから聞こえてくるのは、今期アニメ『クラスの陽キャギャルが実はゴリゴリの隠れアニメオタクで、陰キャの俺に一緒にアニメを見ようと迫ってきたんだが』のオープニングテーマ。

先日図書館でアニメ鑑賞会をした際に聞き、中々キャッチーで良い曲だと思ったので、その日の夜にフルバージョンを購入した。

それを聴きながら、一心不乱にノートに英単語を書き連ねていく。

1位だ。

絶対に、1位を取るんだ。

2位じゃダメなんだ。

頂点っていうのは、1位のことだけを言うんだ。

俺の中にある『何事においても1番でありたい』という気持ちが、ある種の強迫観念となって脳みそを強烈に支配する。

そうだ。俺は絶対に、1番でありたいんだ。

誰よりも上に、高みに、頂点にいたいんだ。

そうすれば、皆が俺のことを見てくれる。

ポップなアニソンが鼓膜を刺激する。ペンを握る手がしびれてきた。

「……」

その時、曲が終了した。

よし、5分以内に英単語を100個書くっていうノルマは達成できたな。

俺は一旦ペンを投げ捨て、スマホを手に取った。

即座にソシャゲ『シカ娘』を起動し、慣れた手つきで育成を進めていく。

俺には集中力がない。だから勉強の合間のソシャゲは、手軽な清涼剤として的確に作用してくれるのだ（FPSの場合は1試合の拘束時間が長いので、流石《さすが》に勉強の合間にやるには向かない)。

「……理恵《りえ》、大丈夫かなぁ……」

現在の時刻は午後11時。恐らく理恵はまだ起きているはずだが、勉強はできているだろうか。そもそも、彼女は毎日ちゃんと夜ご飯を食べられているのだろうか。

彼女が暮らすあの貧相なボロアパートを思い返す度に、胸がチクリと痛んでしまう。

父を失い、それまで暮らしてきた家を失い、今はあんな小さな部屋に住んでいる。彼女が一体何をしたって言うんだ。あまりにもひどい仕打ちだ。

それでも人は、生きていくしかない。

「……やるか」

そうこうしている内に5分が経《た》ったので、休憩は終了。

俺はソシャゲを中断させると音楽を再生し、またペンを手に取った。

◆　◆　◆

7月17日。

俺が朝教室に入ると、既に登校していた理恵が席に座って必死に教科書を読みこんでいた。

「よう、理恵」

俺が彼女の席まで行って声をかけると、理恵が笑いながら顔を上げる。

「ごきげんよう、健斗《けんと》さん！」

「調子は……どうだ？」

今日は期末テスト２日目。

泣いても笑っても、今日で理恵の留年回避を懸けた試験は終わるのだ。

「大丈夫です！　絶対に突破して見せます！」

憂いも恐れもない、張りのある声で返してくる理恵。その元気な声を聞いた俺は、密《ひそ》かに胸をなでおろした。

「そっか、よかった。一緒にがんばろうぜ」

そう言って俺は、自分の席に座る。カバンからイヤホンと教科書を取り出すと、音楽を聴きながら教科書の読み込みを始めた。

理恵のことも心配だが、俺は俺で、今回も学年１位の成績を取るという大事な戦いがある。

だから俺は、目を皿のようにして教科書を必死に読み返すのであった。

それから５分後。

トイレに行きたくなった俺は、イヤホンを外して席を立った。その時、いつの間にか登校していた愛菜《あいな》の姿が目に映る。

今彼女は、自分の席に座って鬼気迫る表情でノートに物理の公式を書き連ねている。そう言えばコイツ、昨日の朝もかなり真面目にテスト勉強をやっていたな。

いつもチャラチャラしていて勉強なんか真面目にやっていない愛菜が、こうして真剣にノートと向き合っている姿を見せるのはかなり珍しい。

よくよく顔を見てみると、心なしかメイクもいつもより地味目になっているような気がする。

「よう愛菜、おはよう。勉強はかどってるか？」

俺がそう声をかけると、愛菜はロボットのような無機質な動きで顔を上げ、光のない、真っ黒な瞳で俺のことを見据えて口を開いた。

「忍子《にんこ》ちゃんはこの世にいない……消えちゃったの……だから今のアタシにはもう、勉強しか残されてないの……」

それだけ言うと、愛菜はまた視線をノートに落とし、一心不乱に勉強を再開する。

極限まで集中している彼女の姿を見て、俺はゴクリとつばをのんだ。

これは思わぬ伏兵だ。

まさか——推しという『光』を失った愛菜が、ここまで勉強の鬼と化すとは思ってもみなかった。

彼女はこう見えて地頭の出来がかなり良い。

そんな彼女が本腰を入れてテスト勉強をすると、もしかするととんでもない成績を取ってしまうかもしれない。

どうやら俺のテストのライバルは、善兵衛《ぜんべえ》だけではないようだ。

◆　◆　◆

期末テスト後半戦、1時間目の科目は社会。地理50点、歴史50点という配分のテストであり、基本的には虫食いになっている文章の中に、ワードをひたすら記述していくというスタイルだ。こういう頭を使わない、記憶力勝負の科目はかなり楽である。特につまずくこともなく終えられた。

2時間目は理科。内容はほとんど物理で、そこそこ難しい計算問題も多い。だが基本的には事前に教えられた公式に数字を当てはめるだけなので、冷静に解くことができた。

3時間目、電気。これは個人的にはかなりの得意科目だ。複雑な電気回路の各ポイントに流れる電流や電圧の値を求められるので、キルヒホッフの法則を使って連立方程式を作り、数値を整理する。連立方程式を解くのは、パズルを解いているような感覚になるので、やっていて楽しい。この科目も難なく突破できた。

4時間目——最後の科目は情報。情報工学科に在籍する生徒であれば、専門分野に位置するこの科目でつまずくなど許されない。ソフトウェアやハードウェア、プロトコルなどについての問題が出題されたが、これも当然のように全問解くことができた。

そしてついに、期末テストは終了。

4時間目終了のチャイムが鳴った途端、教室のあちこちから悲喜こもごものため息が聞こえてきた。

俺は大きく伸びをして、テスト終了の解放感に思う存分酔いしれる。できることはすべてやった。悔いはない。

「……なんとか終わったな……」

今日も学校は午前中だけで、この後帰りの会をしたらそのまま解散だ。

俺はおもむろに立ち上がると、理恵の席へと向かう。

彼女の所には既に、奈央《なお》、心晴《こはる》、善兵衛、慎太郎《しんたろう》が押し寄せていた。

「理恵ちゃん、どうだった?」

「まあどうせ大丈夫っしょ?」

「留年、回避できているといいですな!」

「うおおおッ!　俺も理恵の留年回避を願っているぜッッ!!」

席に座る理恵を囲んで、口々に彼女を気遣う4人。俺はそんな彼らの間に割り込むと、

「理恵、お疲れ！」

と声をかけた。

「健斗さん、お疲れ様です！」

何か憑《つ》き物《もの》が落ちたような、いつも以上に爽やかな表情で微笑《ほほえ》む理恵。

もうテストは終わった。後戻りはできないのだから、不安になっていても仕方ない。

「うっし、放課後皆でどこか行くか！」

俺が明るい声色で言うと、慎太郎が「おう、それいいなッ！」と拳を天に突き上げて叫び声を上げた。

「で、どこ行くの?」

首を傾《かし》げる奈央。

「そりゃあもちろん、ゲーセンでしょ！　皆で格ゲーやろうよ、格ゲー！」と心晴。

「いいや、カードショップだ！　皆でデュエルするぞッッ!!」と慎太郎。

「小生、ここに名案がございます。ずばり……プラモショップですな」と善兵衛。

見事に意見が割れた。俺が困ったように理恵の方を向くと、彼女はニコッと太陽のように笑い、そして口を開く。

「全部、行きましょう！」

それから教室に慶太《けいた》先生がやって来て、期末テストを無事にやり遂げた俺たちにねぎらいの言葉を送り、帰りの会はつつがなく終了した。

時刻はちょうど午後1時。

支度を済ませた俺は、理恵、善兵衛、慎太郎、奈央、心晴を連れて教室を出ようとした。

するとその時、心晴が「あ、ちょっと待って！」と言って俺たちを引き留める。

それから彼女は、席に座って何やらボーっと天井を見つめていた愛菜のもとまで行き、その肩をドンッ！　と強く叩《たた》いた。

「いった！　痛いわよ心晴！」

「ほら、私たちと遊びに行くよ！」

「嫌に決まってんでしょ、よりにもよってVライバーアンチのあんたなんかと！　アタシはね、忍子ちゃんを失って傷心中なの！」

顔を真っ赤にして怒鳴る愛菜であったが、心晴はいたずら小僧のような笑みを浮かべ、彼女を力ずくで立たせる。

「さあほら、行くよ！　遊び相手は一人でも多い方が楽しいんだから、あんたも来なさい！」

　そう言いながら彼女は、愛菜の首根っこを摑《つか》んで無理やり引きずる。

「グエ――――!!　苦しい苦しい！　分かった、行くから行くから！　手ェ離しなさいよこのバカ！」

「アハハハハハ！　それでよし！」

　こうして、半ば強制的に愛菜も一緒に連れていくことになった。

　喧嘩《けんか》するほど仲が良いとはよく言うが、心晴と愛菜はまさにそんな関係な気がする。

◆　◆　◆

　学校を出た俺たちは、今期のアニメのことだとか、最近発売されたゲームがどうだとかといったオタクトークで盛り上がりながらワイワイガヤガヤと道を歩いていた。

「んでさ、アタシがいっっっちばん許せないのはさ、それまで全くそのVライバー業界に興味がなかったくせに、炎上が起こった時だけ急にしゃしゃり出てきて、Vライバー業界に対してガチャガチャと物申し始めるわけわかんない奴《やつ》らなのよ！」

　長崎特有の急な上り坂をゆっくりと歩きながら、腕をブンブンと振り回して力強く熱弁する愛菜。

「『Vライバー界隈《かいわい》は所詮オタク向けの〇〇〇〇〇〇』とか、『Vライバーにハマってる奴は〇〇』とか、あんたらに何が分かんのよって話！　忍子ちゃんはさぁ！　そりゃあ彼氏がいたのはショックだったけどさぁ！　でもでも、アタシたち視聴者を楽しませようと必死に頑張って配信してくれてたわけよ！　なのにさぁ！　炎上した途端、それまで忍子ちゃんのことを全く見てこなかったはずの無関係の奴らが面白半分で忍子ちゃんを批判すんのよ！　おかしいでしょ、そんなの！」

俺たちはそんな愛菜の愚痴を、呆《あき》れ顔《がお》で聞き流す。

「間違ってる！　こんなインターネット、間違ってる！」

「はいはい、そうですね～」

「適当に相槌《あいづち》うつなよ心晴！」

そんな喧騒《けんそう》を横目に、俺たちは坂を上り終えた。そのまま信号を渡って前に進むと、そこからまた長い長い下り坂がある。

夏の蒸し暑い日差しを一身に浴びながら、俺たちは歩いた。

この下り坂のさらに前方には、長崎で一番大きなアーケード商店街の入り口が見える。

その名も浜町アーケード。

長崎を代表する商店街と言っても過言ではなく、高いドーム状の屋根に覆われたその商店街の中には、カードショップやアニメイト、ゲームセンターもちゃんと入っている。

まずはあそこにあるハンバーガーショップで腹ごしらえをして、それから色々な場所に遊びに繰り出そうという算段だ。

「はーあ、あっちーなぁ……」

俺は首元を伝う不快な汗をぬぐいながら呟《つぶや》いた。

遠くにある商店街の入り口が、この暑さによる蜃気楼《しんきろう》のせいでグニャリと歪《ゆが》んで見える。

「本当に暑いですねぇ、健斗《けんと》さん」

俺の隣を歩く理恵《りえ》が、そう言いながら青いハンカチで汗を拭っていた。

流石《さすが》はお嬢様、そうやって汗を拭く仕草も上品だ。というかズボラな俺からしたら、汗を拭くのにちゃんとハンカチを使うってだけでもすごい。

「許せねぇ～！　Vライバーアンチ、許せねぇ～～～!!」

いつまで愚痴ってるんだ愛菜《あいな》は。

夏の日照り、過酷な坂道、そして止まらない愛菜の愚痴。

まさに地獄みたいな環境だ。

すると愛菜は突然、

「ねえ善兵衛！　あんたもVライバーアンチは許せないよねぇ！」

と話を振る。

いきなり振られた善兵衛は少し困惑しつつ、「そ、そうですなぁ……」とメガネを上げた。

「まあ小生としても、今のVライバー界隈には少し思うところがあります」

「ほほう、と言うと?」

「そもそもVライバーという存在が出てきたのは約4年前。小生も、初めてVライバーを見た時は胸がときめいたのを覚えております。たくさんのクリエイティブな人々が、ヴァーチャルの肉体を用いてインターネット上で配信を行う……これはまさに、ITの世界に大幅な技術革新が起こると確信をしていたのです！」

喋《しゃべ》っている間にスイッチが入ったのか、善兵衛《ぜんべえ》もだんだんと愛菜に負けず劣らず口調が強いものになっていく。

それから彼は深く息を吸い、悔しそうに歯を食いしばりながら続けた。

「だというのに！　Vライバーとなり、ヴァーチャルの肉体を手に入れても、ほとんどの人がやっていることは結局ゲームの実況！　毒にも薬にもならないしようもない雑談！もちろんヴァーチャルであることを活《い》かして技術的にすごいことをやっている方はいますが、結局のところ人気が出ているのは声が可愛《かわい》いだけの女性ライバー！」

「なんだよ善兵衛！　結局アンタもVライバーアンチってわけぇ?」

「そうではありません愛菜殿！　しかし小生、クリエイティブな方面で頑張っているVライバーの人々が人気を出せていない現状を憂えているのです！」

拳を握りしめて力説する善兵衛。

対する愛菜は、カッと目を見開いてこう言い返した。

「うっせーなぁ善兵衛！　技術的にすごいことやってようが、その配信が面白くねーんだったらそいつは面白くねーんだよ！」

さらに彼女は腰に手を当て、声を荒らげる。

「テクノロジーを活かしたいんなら大人しく企業に入ればいいだけであって、配信サイトで活動する以上はちゃんと配信を面白くする工夫をしなきゃ駄目でしょーが！　わざわざ配信サイトで早口で『実は僕こんなに技術的にすごいことをやってるんですよ～』なんてまくし立てられても、人気なんか出るわきゃねーだろうが！　ちゃんと視聴者のことを考えて配信しろよ！　あともっとちゃんと腹から声出せよ！」

「愛菜殿！　いくら愛菜殿でも言って良いことと悪いことがありますぞ！」

善兵衛と愛菜がにらみ合った。

こいつら、何が楽しくてこんな炎天下でそんなにヒートアップしながら討論してるんだよ……。

「やはり小生、〇〇〇〇〇の〇〇〇〇〇〇に成り下がっている今のVライバー業界が残念でなりません！」

キレる善兵衛。

「いいぞ善兵衛～！　言ってやれ～！」

煽《あお》る心晴《こはる》。

「うるせぇうるせぇうるせぇ～～～!!」

壊れる愛菜。

「おい奈央《なお》ッ！　この間送った俺の小説『最強のカードゲーマーである俺が異世界に転生したら、カードゲームの知識を活かして余裕で無双できてしまった件』第1話の原稿は読んでくれたかッッ!?」

全然関係ないことを話し出す慎太郎《しんたろう》。

「えっ、あれ原稿だったの？　ごめん、何書いてるかよくわかんなかったからデータ破棄しちゃった」

ナチュラルにひどいことを言う奈央。

仲間たちの各々が、自分の好きなことを好きなように喋り散らかす。耳障りなようで、その喧騒の中にいると自然とホッとする自分もいた。

◆　◆　◆

浜町アーケードの中にあるハンバーガーショップに着いた俺たちは、メニューを注文し、テーブル席に座った。それからドリンクの入ったカップを全員で掲げる。

俺は、テーブルを囲む皆をゆっくりと見渡してから口を開いた。

「えー、まあとりあえず……期末テストは無事終わった！　このテストの結果で、理恵が留年を回避できるかどうかが決まる！　とはいえ結果が出るのは明日だから、今はそのことは一旦忘れて、皆で思いっきり楽しもう！　乾杯！」


「「「かんぱーい！」」」


そして俺たちは、また思い思いのオタクトークに花を咲かせながらハンバーガーを頬張る。

「ところで善兵衛、愛菜、今回のテストの手ごたえはどうだった？」

俺はフライドポテトをつまみながら、二人に話しかけた。こいつらは学年1位の座を懸けて争う、いわば俺のライバルのようなものなので、ここで話を伺っておきたい。

「ふーむ……まあ、いつも通りと言ったところでしょうか。緊張やプレッシャーに負けることなく、しっかりとテストを解くことができました」

そう言ってドリンクをストローですする善兵衛。隣の愛菜は、ギラギラしたネイルの付いた爪で器用にポテトをつまみながら、

「アタシは絶好調だったよ！　忍子《にんこ》ちゃんという推しを失ったけど、その分Vライバーの配信を追う時間がグッと減ったから、たっぷり勉強できた！　もしかしたら、学年1位の座はアタシがいただいちゃうかもね〜！」

と陽気に答えた。

するとその時、奈央が理恵に向かって「ねえねえ！」と声をかける。

「はい、何ですか？」

「もしも理恵ちゃんの留年が回避できたらさ、夏休みに皆で遠くまで遊びに行こうよ！」

その言葉を聞いた理恵が、うれしそうに目を細めた。

「良いですね、奈央さん！　ぜひ行きましょう！」

「じゃあさ、五島行かない？　私さ、昔からあそこに聖地巡礼したかったのよ！」

ハンバーガーをムシャムシャと頬張りながら心晴が割り込む。

「ほら、五島って有名なアニメの舞台になってたじゃん！」

「あ、あの書道家の先生が主役のやつ？」

奈央が聞くと、心晴は「そうそう！」と首を縦に振った。

「でも五島かぁ〜。私、五島には行ったことないからよく分かんないなぁ」

「私もです」

奈央と理恵が口々に言う。

五島は、長崎市から海を隔ててずっと西にいったところにある大きな離島だ。自然豊かな場所で、お城の跡地や古い歴史を持つキリシタンの教会群など、観光地としても世界的に有名な土地である。

また心晴が言ったように、五島は有名なアニメ作品の舞台になっているので、聖地巡礼として赴くオタクは多い。

……とはいえ、俺も行ったことがない場所なので詳しいことはよく知らないのだが。

すると、ハンバーガーセットを3人前注文したにもかかわらずそれらをあっという間に平らげてしまった慎太郎が、腕を組みながら口を開いた。

「だったらよぉ、凛《りん》先生も一緒に誘っちまえばいいんじゃねぇかッッッ？」

「えぇ!?　なんで夏休みに遊びに行くのに先生同伴なのよ！　バカじゃないの慎太郎！」

信じられないといった顔で苦言を呈す心晴。

「いやだって、凛先生なら五島のことも詳しいだろうがッッ!!」

保健室の教諭である春日《かすが》凛先生は、何を隠そう五島の出身だ。だから先生ならここにいる誰よりも五島のことに詳しいのは間違いないのだろうが――

「先生と一緒に遊びに行くとか、息苦しいったらありゃしないでしょ！」

心晴がキッパリと言い放った。同感だ。

勝手知ったる仲間たちだけで遊びに行くから旅行は楽しいのに、そこに先生がついてくるなんて、想像しただけで恐ろしい。

奈央は「アハハ……」と少し困ったように笑いつつも、

「まあでも、凜先生は結構ノリが良いから、誘ったら案外ホイホイ付いてきてくれるかもよ？」

と言った。

「いやいやいや、冷静になりなって奈央！　そりゃあ私も凜先生のことは大好きだけど、遊びに誘うのはおかしいっしょ！」

実際のところ、凜先生を旅行に誘ったらどんな反応をするのだろうか。

『おお、私も一緒に行ってよかと？　五島は私の故郷やけん、いくらでも案内するばい！』

みたいな感じで、ノリノリで言ってくれるだろうか。

いやたぶん、

『え……五島？　せっかくの夏休みに、なんで外に出らんばと？　私は部屋にこもってソシャゲばずっとしときたか……』

と言って、あのクマの濃い不健康そうな顔を歪めるだけだろうな。

凜先生は絶対そういうタイプだ。

多分夏休みになっても、五島の実家にすら帰らないと思う。

「残念だなッ！　ワンチャン海に行って凜先生の水着を拝めると思ったのによぉッッ!!」

ソファーに深々ともたれかかり、頭の後ろで手を組みながらつまらなそうに言う慎太郎。

「結局そういう不純な動機かよ！」

「……でも私もちょっと見たいかも……凜先生のおっぱい……」

奈央がそう真顔で言い出すので、心晴が心底呆《あき》れたように深くため息をついた。

だが理恵《りえ》は、楽しそうにフフフ、と上品に笑う。

「夏休みの計画を友達と一緒に考えるのって、ワクワクしますね！」

「ハハハ、だな！」

俺は笑いながら首を縦に振った。この喧騒《けんそう》も、今までずっと孤独だった理恵からしてみれば、大事な青春の1ページなんだろう。

「去年の夏休みは、理恵ちゃんはどこかに行ったりしたの？」

首を傾《かし》げて尋ねる奈央。すると理恵は平然と、

「家族皆でハワイに行きました！」

と答える。

「は、ハワイ……！」

流石《さすが》は理恵、休暇の過ごし方の規模が違う。俺は生まれてから一度も海外に行ったことがないというのに……。

「もちろんハワイも楽しかったですけれど……でも、皆さんと一緒に行く五島も、きっと

すごく楽しいはずですよ！」

理恵はそう言い、ニコリと微笑《ほほえ》んだ。

まあ……楽しい旅になることは間違いないだろうな。

◆　◆　◆

昼飯を食べ終えた俺たちは、それからアーケードの中にあるカードショップへと向かった。扉を開けて、クーラーがしっかりと効いた快適な店の中に入る。

広々とした店内には、全面ガラス張りの棚がずらりと並んでいた。この棚の中にはキラキラ輝くカードが所狭しと陳列してあり、カードゲーマーであれば垂涎《すいぜん》必至のレアカードもたくさん揃《そろ》っている。

店の奥に行くと、レジと大きなテーブルが2つ——すなわちデュエルスペースがある。休日になると、よくここでカードゲームの公式大会が開催されていたりもする。

「ようおっちゃんッ！　来たぜッッ!!」

慎太郎が開口一番に、レジの奥にいる初老の男性に挨拶をした。

このカードショップの店長である白髪の老人は、ニンマリと愛想のいい笑みを浮かべて手を振ってくる。

今は平日の夕方ということもあって、デュエルスペースには他に人がいない。ありがたいことに貸し切り状態だ。

「よ————しッッ!!　じゃあデュエルしようぜ、デュエルッッ!!」

慎太郎がそう雄叫《おたけ》びを上げながら、カバンを広げる。中には大量のデッキケースが綺麗《きれい》に納められていた。

するとと善兵衛《ぜんべえ》が得意げな顔で眼鏡をスチャリと上げ、

「では、小生がお相手いたしましょう！」

と言いながら一歩前に出てくる。

さらにズボンのポケットから、慣れた手つきで青いデッキケースを取り出した。

「小生、実はこっそりとこのロボットデッキを強化していたのです！　最高のコンディション状態にある今のデッキなら、慎太郎殿すらも敵ではないでしょう！」

カードゲームには、『テーマ』という概念が存在する。

簡単に説明すると、ドラゴン系のモンスターがたくさん入ったデッキなら『ドラゴンテーマデッキ』、昆虫系のモンスターがたくさん入ったデッキなら『昆虫テーマデッキ』といった感じだ。

分かりやすい例で言えば、カードゲームアニメの主人公は男の子向けのかっこいいカードが揃っているドラゴンテーマのデッキを使いがちだし、そのライバルはいかにも悪そうなカードが揃った悪魔族テーマのデッキを使いがち……みたいな感じだろうか？

いや、これに関してはいくらでも例外はあるので一概には言えないか。

それは置いといて、善兵衛が使うのはもちろん本人のオタク趣味全開のロボットテーマデッキ。コストは重いがその分攻撃力の高い、巨大ロボットがモチーフのカードが入っている。

使いこなすのは難しい代わりにハマれば強い、俗に言う『ロマンデッキ』の類だ。

「よっしゃ、相手にとって不足なしッ！　やるぞやるぞやるぞ～～～ッッ!!」

慎太郎《しんたろう》は楽しそうに言いながら肩をグルグルと回す。今から殴り合いのケンカでもやるつもりかよってぐらいの気合の入り方だな。

するとその時、理恵が「あの～……」と気まずそうに手を上げた。

「んッ？　どうした理恵ッ!?」

「慎太郎さん、私にもデッキを貸していただけますか？」

「おお、そうかそうかッ！　すまん、気付かなかったッッ!!」

そして慎太郎は、カバンの中をガサゴソとまさぐりながら
「使うデッキは……前に貸したやつと同じでいいかッ？」

と尋ねる。

「はい、お願いします！」

理恵はにこやかにうなずいた。

「ほい、大事に使ってくれよなッッッ！！」

慎太郎はそう叫び、赤いデッキケースを彼女に手渡す。

「ありがとうございます、慎太郎さん！」

「よっしゃ！　じゃあ理恵っちはアタシとデュエルしよーぜ！」

そう威勢よく声を上げたのは愛菜《あいな》。彼女はカバンの中からピンク色のデッキケースを取り出した。

そのケースにはキラキラと光るラメのシールやストーンがたくさん付けられており、きらびやかにデコられている。

流石はギャル、デッキケースすらもこうやってバチバチにデコるのか。

「やりましょう、愛菜さん！」

「理恵っちをアタシのVライバーデッキでボコボコにしてやるぜ〜！」

愛菜はデッキケース片手にそう息巻いた。

近年のVライバー業界の人気拡大の勢いはすさまじく、なんとあらゆるカードゲームが人気Vライバーとコラボしているほどだ。

Vライバーが１枚のカードとなり、デュエルでちゃんと使えるのである。

そして愛菜が使うデッキは、そんなVライバーとのコラボカードをメインとして組まれたデッキ……すなわち『Vライバーテーマデッキ』だ。

　こうして、デュエルスペースの手前のテーブルで慎太郎と善兵衛が、奥のテーブルで理恵と愛菜が勝負をすることとなった。

　まあ慎太郎と善兵衛のデュエルにはかけらも興味がないので、理恵のデュエルを温かく見守るとしよう。

「そんじゃ、よろしくね理恵っち！」

「はい、よろしくお願いします！」

◆　◆　◆

　理恵は、以前すぐ近くのファミレスで勉強会をした日、その勉強会の後にもここを訪れている。そして、その際にデュエルのルールは完璧に覚えているので、愛菜との戦いはつつがなく進んだ。

「よっしゃ！　アタシはここで天使系Vライバーの『光輪エンジェリィちゃん』を召喚！　さらにスペシャルカード『配信準備中』を配置して、このカードの効果で『弓ヶ浜《ゆみがはま》蓮司《れんじ》』を追加召喚するよ！」

「あれ、弓ヶ浜蓮司ってこの間忍子《にんこ》ちゃんと熱愛が発覚して大炎上からの引退かましたしょーもない奴《やつ》じゃん」

ニヤニヤと意地悪い笑みを浮かべながら言う心晴《こはる》。

愛菜が「ムキ———!!」と金切り声を上げてキレた。

「やかましいわ心晴！　黙っとれ！」

「引退したVライバーのカードなんか使わなくてよくねw」

「コンのやろ〜〜〜!!」

対戦相手である理恵は、キレまくっている愛菜に対して
「あ、あの〜……デュエルを続けてもらっていいですか……？」

と困惑しながら呟《つぶや》く。

一方その頃、横のテーブルでは
「行くぜッッッ！！！　俺はここで『深淵《しんえん》の業火竜デスエンド・ドラゴン』を召喚するッッッ！！！」

「フッ、甘いですな！　小生はここでスペシャルカード『迎撃ミサイル』を発動！　その召喚を無効にし、破壊しますぞ！」

「な、何ィ〜〜〜〜〜ッッッッッ！？！？！？」

「さらに小生はここで、続けざまにスペシャルカード『パーフェクト・スクランブル』を発動！　手札から『合体機神ザンダーⅣ』を召喚し、慎太郎殿のライフを2つ削ります

ぞ！」

「う、うぎゃぁぁぁぁぁぁぁああああああぁぁぁぁぁぁあッッッッッ！！！！！」

と、鬼気迫るやり取りが聞こえてくる。何も知らない人がこの迫真の会話だけ聞いたなら、慎太郎が今まさに殺されそうになっているとしか思えないだろう。

「い、嫌だぁぁぁぁああッ！　死にたくないィィィッッ!!」

死なねぇよ。

すると、数分前にこのカードショップにやって来ていたカップルと思われる若者二人が、こちらの方をチラチラと見て

「ね、ねぇ……あの人たち、なんかちょっとヤバくない……？」

「だ、だな……」

とひそひそ話をしている。

口調や恰好《かっこう》から察するに、この男女はオタクではないようだ。カードショップに来店したのも、欲しいカードがあったから、というよりはただなんとなくで足を運んだってだけなんだろう。

「やっぱオタクってキツイな……」

彼氏の方がボソッと呟いた。

嗚呼《ああ》、悲しいかなやはり、一般人とオタクとの間には深い溝がある。

だからこうして、オタクというだけで偏見から心ないことを言われたりしてしまう――

「さあ、小生のターンですぞ！　小生はここで珠玉の切り札、『雷神機兵トールV』を召喚！」

「な、何ィ～～～～～～～～～ッッ！？！？！？」

――と、言おうと思ったが、これに関しては普通にこっちに非があった。

ドン引きされるのもやむなしだ、このカップルは悪くない。

◆　◆　◆

それから理恵《りえ》と愛菜のデュエルの決着が付いたのは、実に3分後のことであった。

理恵が使う『魔法使いテーマデッキ』は、百戦錬磨のカードゲームオタク・慎太郎が構築しただけあって、初心者の理恵でも堅実に戦える優れたデッキであった。

彼女は優雅な手つきで手札からカードを1枚取り出し、パチンとフィールドに置く。

流石《さすが》お嬢様育ちの理恵、カードゲームをしているだけなのに全身から上品なオーラが漂っている。それから彼女は、相手の方を見て口を開いた。

「では……私は、ここで『魅惑のポイズン・マジシャン』を召喚し、このカードの効果で愛菜さんのライフを1つ削ります」

その言葉を聞いた愛菜は、がっくりと肩を落として
「ま、負けたぁ……」

と力なく呟く。

「やったね理恵ちゃん！」

「すごいじゃん理恵、ルールの吸収が早い！」

奈央《なお》と心晴が口々に理恵の腕前を褒め称《たた》えた。当の理恵はおもむろに立ち上がると、スカートの端をちょん、と摘《つ》まみ上げ、丁寧にお辞儀をする。

「ありがとうございました、愛菜さん。いいデュエルでした」

「う、うん……！」

愛菜は顔をひくつかせながら返した。

理恵……上流階級の世界ではそれはお行儀の良い動作なのかもしれないけれど、カードゲームの世界でやったらバチバチの煽《あお》りにしか見えないぞ。

まあ面白いからいいけど。

隣で観戦していた心晴も、口を懸命につぐんで笑いをこらえている。困惑顔の愛菜の姿を見るのが愉快でたまらないのだろう。

「ねえ愛菜、勝負に負けたんだから潔く理恵にスパチャしてあげたら？ｗ」

半笑いで言う心晴。

「するかバカ！　ネットと現実のノリをごっちゃにするな！」

愛菜、お前が言うな。

ふと隣のテーブルを見てみると、真っ白な灰となって燃え尽きた慎太郎が、虚無の表情で椅子に座っていた。対する善兵衛《ぜんべえ》は得意げに腕を組み、にこやかに白い歯を見せている。

「やりましたな！　長らく慎太郎殿には苦汁を飲まされ続けておりましたが、ようやく小生も勝ち星を摑《つか》み取ることができましたぞ！」

「……」

じっと虚空を見つめ沈黙する慎太郎。カードゲームにどれだけのものを懸けているんだお前は。

すると、先程俺たちオタクグループにドン引きしていたカップルが、

「なんか俺、また子どもの時みたいにカードゲームしたくなってきたかも」

「え……なんで？」

「いや、なんかさ……ただのカードゲームなのにあそこまで熱中してプレイできるなんて、スゲーいいじゃん！」

「そ、そう……？」

と口々に喋《しゃべ》りながらカードショップを後にする姿が見えた。

彼女は相変わらずドン引きって感じだったが、彼氏の方は俺たちオタクから何か感じ取

るものがあったらしい。

◆　◆　◆

カードショップを後にした俺たちは、それから心晴主導のもとゲームセンターに向かった。

そのゲームセンターの名は G-stage 浜町店。

だが、地元の人間でここを正式名称で呼ぶものは一人としておらず、『ピラミッド』という愛称で親しまれている。

何故《なぜ》『ピラミッド』なのかと言うと……それはシンプルに、G-stage 浜町店の外装がピラミッドそのものだからである。

デザイナーが何を考えてこれを作り上げたのかよく分からないが、ピラミッドの外装の中にゲームセンターが入っているのだ。

中は2階建てになっていて、1階にUFOキャッチャーやプリクラ、2階にメダルゲームや格闘ゲームの筐体《きょうたい》が置いてある。

結構マニアックな古いゲームが稼働していたりするので、コアなゲーマーからも愛されている浜町の名所の1つ……それがピラミッドだ。

「おっしゃー!!　皆、私と対戦しよーぜ〜!!」

ピラミッドの2階に足を踏み入れた途端、水を得た魚のように活《い》き活《い》きとはしゃぎだす心晴。

ここに来たのはだいぶ久しぶりだな。

アングラ感漂う少し薄暗い店内に、きらびやかな輝きと大音量のＢＧＭを放つ数々のゲーム筐体たち。

何故だか無性にワクワクしてしまう空間だ。

「そう言えば理恵、格闘ゲームってやったことある？」

心晴が尋ねると、理恵はブンブンと首を横に振った。

「いえ、ありません」

「格ゲーをやったことがない？　じゃあ理恵はラッキーだね！　これから『初めて格ゲーを触る』という人生で一度しか味わえない興奮を味わえるんだからさ！」

周りでグワングワンと鳴り響いているゲーム機の音楽に負けないよう、大声を張り上げて言う心晴。

それから彼女は、理恵の肩をバンバンと強く叩《たた》いた。

「よし、じゃあやろうか！」

それから二人は、向かい合う形になってゲーム筐体の前に座る。心晴は俺の方を向き、

「健斗《けんと》！　理恵に色々と教えてあげて！」

と言ってきた。

なんで俺なんだ？　と思ったが、冷静に考えてみるとこのメンバーの中で格ゲーの経験がまともにあるのは、心晴を除くと俺だけだ。とはいえたまにかじっている程度なので全然上手《うま》くはないのだが……仕方ない、俺が教えるとするか。

俺は椅子に座る理恵の後ろまで歩み寄ると、

「えっと、じゃあ……まずはお金を入れるか」

と言い、自分の財布から取り出した１００円玉を筐体にチャリンと入れた。

それを見た理恵が血相を変えて慌てる。

「け、健斗さん！　悪いですよそんな！」

「いいっていいって。気にすんな」

俺は笑いながら手を振った。

慌てふためいた顔の理恵も非常に可愛《かわい》い。

「で、でも……」

「これは俺からの、初めての格ゲー祝いだ」

自分で言っていてなんじゃそりゃって感じのセリフだ。

実際のところを言うと……理恵の懐事情を少しだけ気にしての行動である。

彼女のお父さんは会社の社長だったが、多額の負債を抱えたまま亡くなった。その結果今、彼女はボロボロのアパートで極貧生活を強いられている。

お昼ご飯だって、学校ではほとんど100円程の菓子パン1つだけ、という有様だ。さっきハンバーガーショップに行った時も、頼んでいたのは一番安いセットメニューだったしな。

いつも気丈に振る舞っている理恵だが、きっと毎日節約に苦心しているに違いない。だから、格ゲー1回分ぐらいはおごってあげたかった。

「さあほら、画面に集中！」

「は、はい！」

理恵は焦りつつも、レバーを握った。

◆　◆　◆

それから理恵は、心晴《こはる》と対戦を行った。

使用キャラはオーソドックスな性能を持つ主人公キャラ。

攻撃の出し方だとかガードのやり方だとかは俺が説明をしたが、まあ結局はレバガチャで闘うことになった。

「行けー!!　理恵、行けー!!　もう何も考えるな、レバガチャだー!!」

理恵の後ろに立って叫ぶ俺。

「は、はいー!!」

細くて真っ白な腕を懸命に動かし、レバガチャをしまくる理恵。

ちなみにレバガチャって言うのは……まあ、説明するまでもないか。

レバーをガチャガチャと動かして、攻撃ボタンをひたすら連打するプレイのことだ。

コンボのコの字も分からない理恵にはこの戦法しかない。こういうレバガチャでもなんだかんだ結構戦えてしまうのが格闘ゲームの面白さなのだが……超上級者の心晴は、顔色一つ変えず理恵の攻撃に全て対応し、赤子の手をひねるように完封してしまった。

全ラウンドで敗北し、画面いっぱいにうつる『YOU LOSE』の文字。

俺は思わず「え……なんで?」と声を上げてしまった。

普通こういうのって、初心者が相手なのだから1ラウンド目はわざと負けてあげて、格闘ゲームの楽しさを教えてあげるものなんじゃないのか?

俺はとっさに心晴の方を睨《にら》みつけた。

すると心晴はペロッと舌を出し、

「いやーごめんごめん。最初はわざと負けるつもりだったんだけどさ。やっぱ私、こういう勝負事でわざと負けるっていうのがどうしてもできなくって……本気出しちゃった!」

と、一切悪びれてなさそうな顔で言う。

俺は深いため息をついた。

「接待プレイぐらいしてやれよ……初めての格ゲーが完封負けって、理恵《りえ》が可哀《かわい》そすぎるだろ……」

するとその時、ホクホク顔の愛菜《あいな》が一歩前に出て拳を天井に突き上げる。

「そうだそうだ！　健斗の言う通り！　理恵っちが可哀そうでしょうが！　恥を知れ心晴！！！！！　地獄に落ちろ！！！！！！」

愛菜はここぞとばかりに天敵・心晴を罵倒しだした。

さらに心晴にグッと顔を近付けて、

「ついでに今まで侮辱してきたVライバーたちにも謝罪しろ――――！！！！！」

と叫ぶ。それは完全に私怨だろ。

するとそこに「まあまあ」と割って入ってきたのは、他でもない理恵であった。

「愛菜さん、そう怒らずに……」

「駄目だよ理恵っち！　理恵っちも、こういう時ぐらいちゃんと怒らなきゃ！」

そう熱弁された理恵は、口元に手を当ててクスクスと麗しい微笑《ほほえ》みを見せる。

「いえ、愛菜さん。私はちゃんと楽しめましたよ」

「んなわけないじゃん理恵っち！　あんなにボコボコにされてさ！」

「たとえゲームでも……いや、ゲームだからこそ妥協したくないという心晴さんの力強い気概を画面越しに感じ取ることができたので、私は楽しかったです。なんというか……今までよりももっと心晴さんと距離を縮められたような気がしました！」

な、なんて人間が出来ているんだ。

格ゲーで初心者が上級者にぼこぼこにされたら、普通は問答無用でブチギレるに決まっている。しかし彼女は怒らなかったどころか、相手と距離を縮められて良かったとまで言ってのけた。

そんな理恵の感動的な言葉を聞いた心晴は、顔を少し赤くして

「て、照れるな〜！」

と言いながらサイドテールの毛先を指でもてあそぶ。

いつも勝気な心晴が照れるところを見せるなんて、かなり珍しい。

さらに心晴はカバンから財布を取り出すとこう続けた。

「うっし！　もうワンプレイ分おごってあげるよ！」

「そ、そんな！　悪いですよ！」

「いいから！　私ともう一回勝負しようよ！」

それから心晴と理恵はもう一度対戦。なんと今度は、心晴がちゃんと手を抜き、理恵を1ラウンドだけ勝たせていた。

俺は思わず、理恵の手腕に舌を巻く。

恐らく計算ではなく天然でやっただけだとは思うが、理恵は最初に負けてもふてくされたりせず、むしろあえて心晴を褒めることでデレデレにさせた。そして円満にゲームを進め、1ラウンドの勝利をもぎ取ったのである。

大したものだ。理恵が持つ『人の好《よ》さ』がもたらした勝利とも言える。

これは彼女の才能だと断言していい。

思い返してみれば、クセの強い、尖《とが》った奴《やつ》ばかり揃《そろ》っている俺たちのグループの中でこうしてちゃんと理恵が馴染《なじ》めているのも、彼女自身が持つ人の好さが潤滑油になっているからなんだろうな。

「……」

だからこそ。

だからこそ、理恵をいじめた前の高校の奴らが許せない。

こんなにも人が好くて、優しくて、健気《けなげ》な彼女のことを、『お金持ちじゃなくなったから』という理由だけでいじめた。

顔も人となりも分からない奴らのことをここまで憎く思ったのは、生まれて初めてかもしれない。

長崎市のアニメイトは、浜町アーケードの一角にあるテナントビルの中に入っている。1階に服屋、2階に回転寿司《ずし》屋、そして3階にアニメイトという構成だ。

◆　◆　◆

ゲーセンで一通り遊び終えた俺たちは、ピラミッドを後にしてそのアニメイトへと行くことにした。

とは言え、ピラミッドからアニメイトまでの所要時間は徒歩20秒ほど。本当に目と鼻の先にアニメイトの入ったテナントビルがある。遊びたい場所がギュッと凝縮されているのが、このアーケード商店街の魅力の1つだ。

俺たちはエスカレーターに乗って、テナントビルの3階まで行った。

一歩アニメイトのフロアに足を踏み入れれば、今話題のアニメのPVが大音量でお出迎えしてくれる。本やアニメグッズが所狭しと陳列されていて、通路は人一人分ぐらいの広さしかないので狭い。

オタクの憩いの場、アニメイト。

長崎のアニメイトは、そりゃあ大都市の福岡なんかにある店舗と比べれば規模は小さいかも知れないが、スタッフの人たちのコンテンツへの愛、熱量は変わらない。故に、地元のオタクたちからこよなく愛される空間だ。

「おい善兵衛《ぜんべえ》ッ！　お店の中なんだから、ぬいぐるみはカバンに入れておいた方が良いぞッ！」

「お、それもそうですな！」

善兵衛はそう言いながら、先程ＵＦＯキャッチャーでゲットしたぬいぐるみをカバンの中に無理やり押し込む。

このぬいぐるみは、毎週日曜の朝に放送されている女児向けアニメ『魔法少女デスメタ☆ロック』に登場するマスコットキャラだ。

猫をモチーフにした可愛いデザインのキャラなのだが、それが今善兵衛のせまっ苦しいカバンの中に押し込まれてしわくちゃのおばあちゃんみたいなとんでもない顔になっていた。

７人の大所帯グループが移動するには少しばかり窮屈なアニメイト店内を見回し、

「わあ、すごいですね～……漫画やキーホルダーがいっぱい売ってます……」

と感嘆の声を上げる理恵。

「そう言えば理恵ちゃん、アニメイトに来るのはこれが初めて？」

そんな奈央《なお》からの問いに、理恵はコクリとうなずく。

そりゃあお嬢様育ちの理恵からしてみれば、アニメイトは別世界だろうな。

「理恵って、漫画とかもあまり読まないのかッ？」

慎太郎《しんたろう》が声を上げる。こいつは体がゴリラ並みにデカいので、ただでさえ狭いアニメイトの店内がより狭く感じられてしまう。

「少女漫画とかなら、昔よく読んでましたよ！　最近は全然読まないので、流行には付いて行けてませんけど……」

「それなら今度、私がいくつかオススメを貸してあげるよ！」

奈央が満面の笑みでそう言った。

彼女はラノベだけでなく漫画もたくさん集めているコレクターだ。有名どころならほとんど網羅している程である。

多分だけど、今いるアニメイトに置かれている本の数よりも奈央の家にある本の数の方が圧倒的に多いんじゃないだろうか。

「どういうジャンルが良い？　オススメはBLなんだけど」

「前々から気になっていたんですけど、奈央さんがよく言うその『BL』ってどういう意味なんですか？」

「ああ、BLっていうのはね——」

「知らなくていいぞ、理恵っち！」

意気揚々と説明しようとする奈央の口を両手で塞ぐ愛菜。

よくやった愛菜。純真無垢《むく》な理恵に『そっちの世界』はまだ早い。

◆　◆　◆

アニメイトを出た俺たちは、そこで解散することになった。

慎太郎、奈央、心晴《こはる》、愛菜は徒歩で帰っていき、善兵衛は「小生、買いたいプラモがありますので今からショップに行ってまいります！」とだけ言い残して商店街の彼方《かなた》へと消えていった。

俺と理恵は、路面電車で帰らなくてはならない。

「んじゃ、帰るか」

「はい！」

浜町アーケードのすぐそばに、路面電車の電停がある。そこに辿《たど》り着いた俺たちは、ベンチに座って静かに電車が来るのを待った。

「……なあ、理恵」

「はい、なんですか？」

隣に座る理恵の方から爽やかな石鹸《せっけん》の香りが漂ってくる。俺は横を向くのが気恥ずかしかったので、少しオレンジがかってきた夕方の空を見上げてこう尋ねた。

「今……どんな気持ち？　やっぱ緊張してる？」

「そうですねぇ……」

数秒の沈黙の後、理恵が答える。

「緊張してます。正直」

「……そりゃそうか。明日、留年回避できるかどうか決まるもんな」

明日、期末テストの答案用紙が一気に返却される。その成績によって、理恵が来年も俺たちと一緒にいられるかどうかが決まるのだ。

平均以上の成績を取れていれば大丈夫だとは思うが、まあ……未来のことだ、今はまだどうなるか分からない。

「……今日、皆さんと遊ぶことができてすごく楽しかったです」

「……うん」

「……もしも、留年したら……もう皆さんと遊ぶことはできませんよね……」

「……そんなことはないよ。誘ってくれたら、いつでもすぐ理恵のところに飛んでいくからさ」

「……どうでしょう……留年なんてことになったら、それこそ人と遊んでいる暇なんてなくなりますし……それに……」

「……それに?」

「仮に遊べたとしても、皆さんと一緒にいるのがつらくなると思います。私だけ取り残された感じがしちゃって……」

「……そっか」

「すいません、自意識過剰ですよね。ただの転校生の私なんかが……」

「いやいや、全然。むしろ、この1学期でそこまで俺たちのことを仲間だと思ってくれるようになってくれて、素直にうれしいよ」

「……ありがとうございます」

それからまた、俺たちの間を静寂が包み込んだ。

そうか。理恵《りえ》と知り合ってから、まだ3か月半しか経《た》っていないのか。でも今となっては、彼女は俺たちのグループになくてはならない存在になっている。

仮に理恵が留年したからと言って、俺たちの間にある絆《きずな》が失われるなんてことはないと思う……が、絶対に留年して欲しくない。

来年も一緒に授業を受けていたいし、一緒に色んな所に遊びに行きたい。

「……留年、絶対にしないで」

俺は、どこまでも広がっている穏やかな真夏の夕空を見上げながら、切実な想《おも》いを込めてそう口にした。

ちょうどそのタイミングで、路面電車がやって来る。

それから俺たちは電車に乗り、吊革《つりかわ》につかまって窓の外を眺めた。

長崎の見慣れた景色が、ゆったりと左から右に流れていく。

理恵は何も喋《しゃべ》らない。その沈黙がいたたまれなくなった俺は、無心でスマホをいじっていた。

そして10分後。

「……じゃ、俺はここで降りるね」

最寄り駅についた俺は、理恵にそう告げて出口に歩いて行った。後ろから、

「はい。それではまた明日、健斗《けんと》さん」

と彼女が穏やかな声色で言ってきた。

なんとなく後ろを振り向くのが怖くなった俺は、そのまま振り返ることなく路面電車を降りるのであった。

◆　◆　◆

そして次の日。

今日はいよいよ、期末テストの答案用紙が返却される日だ。

……が、残念ながらそれは午後からである。

何故《なぜ》ならば、午前中の授業、すなわち1時間目から4時間目まではぶっ続けで実習の授

業が入っているからだ。

理恵の成績を知るには午後まで待たなくてはならないので、非常にやきもきさせられる。

朝の会を終えた俺たちは、すぐさま更衣室で通気性最悪の作業服に着替え、パソコン実習ルームへと移動した。

パソコン実習ルームの中はクーラーがガンガンに効いているのでそれなりに快適なのだが、それでも服の中が段々と蒸れてきて不快だ。

夏の風物詩の1つと割り切って我慢するしかない。

例の如《ごと》く、1台のパソコンの前で俺と理恵はペアになって座る。

「いや～……緊張するよな」

俺がそう声をかけると、理恵は和やかな笑みと共に「そうですね……」と口を開いた。

「でも、今更どうすることもできませんから。過去の自分の努力を信じて、どっしり構えていることしかできませんよ！」

「だな」

「健斗さんも、学年1位を取れていると良いですね！」

そう……気にするべきは理恵の成績だけではない。俺が今回も学年1位の成績を取ることができたのかどうか。そこも非常に気になるところである。

だが理恵がつい先程言った通り、今はただ過去の自分の努力を信じてどっしりと構えているしかないのだ。

「あ、今日は私がパソコンの準備をしますね！」

彼女はそう言うと、慣れた手つきでパソコンとモニターの電源を入れ、ログインし、デスクトップ上に置かれた開発ツールを起動させた。

これでいつでもプログラミングが行える状態となった。

ついこの間まではパソコンをろくに触ったこともなく、プログラムの文字を見ただけで訳の分からない発作を起こしていた理恵だが、ここ数か月で劇的に改善した。

簡単なプログラム程度であれば理恵だけで作り上げることだってできる。必死に勉強をしてきた賜物《たまもの》だ。

「はい、準備できましたよ！」

「ありがとうな」

と、ちょうどそのタイミングで、作業服を着こんだ慶太《けいた》先生が室内に入ってくる。1時間目が始まるまではまだ時間があるのだが、こんなに早く来るなんて珍しいな。

すると先生は、開口一番にこう言った。

「白鳥《しらとり》さん、あと健斗！」

「え？」

「は、はい！」

いきなり名前を呼ばれた俺たちは、そろってすっとんきょうな声を上げる。

「1時間目が始まる前に、ちょっと授業の資料作成で手伝って欲しいことがあるんだ。一緒に職員室に来てくれないか？」

「分かりました」

俺はコクリとうなずきながら返した。隣の理恵は、口を真一文字に結んで不安そうにうつむいている。

「よし、じゃあ早速行こうか」

慶太先生はそう言い、廊下の方に出ていった。すぐさま後に付いて行かなくてはいけないのだが、足が重い。

『授業の資料作成で手伝って欲しいことがある』――慶太先生はそう言っていたが、わざわざ俺と理恵を指名する以上、本当の呼び出しの理由はそれではないはずだ。

そう。

恐らく、期末テストの採点が全科目終了し、成績が出たのだ。理恵が留年するのか、このまま進級できるのか、それが決まったのだ。

「理恵……大丈夫か？」

うつむいたまま動かない理恵に向かって、恐る恐る声をかける。

すると彼女は顔を上げ、満面の笑みを浮かべた。

「はい、大丈夫です！」

だがその声は震えている。

その時、俺たちのもとに奈央《なお》と心晴が駆け寄ってきた。

心晴が神妙な面持ちで口を開く。

「ねえ、今呼ばれたのって……」

「ああ、たぶんそういうことだ。でも、あまり騒がないでくれるか？」

理恵に留年の可能性があるという件は、他のクラスメイトたちは知らない。理恵としても、こういうことで騒がれたくはないはずだ。

俺が『分かってくれるよな？』というメッセージを込めた視線を送ると、心晴と奈央はコクンとうなずいた。

「二人とも、行ってらっしゃい！」

奈央が微笑《ほほえ》みを浮かべて言う。

俺と理恵は、重い足取りでパソコン実習ルームを後にした。

◆　◆　◆

俺たちの一歩先を歩く慶太先生は、一言も言葉を発しない。何か話しかけようかとも思ったが、全くそんな雰囲気ではなさそうだ。

他クラスの生徒たちが好き勝手にバカ騒ぎしている休み時間中の廊下を、先生と俺と白鳥さんが無言で歩いていく。

そしてついに、教室棟の2階にある情報工学科の職員室へとたどり着いた。

心臓がバクンバクンとうるさいぐらいに音を立てている。

俺のことじゃないのにこんなに緊張してしまうなんて、なんだか不思議な感じだ。

「じゃ、中で話をしようか」

とうとう声を上げた先生が、そう言いながら職員室のドアを開ける。

「……はい！」

理恵が答えた。その声はいつも以上に凛《りん》として透き通っている。腹はちゃんと決まっているらしい。

今、俺と白鳥さんは、そろって眉間にしわを寄せた険しい表情をして職員室に入ろうとしている。

◆　◆　◆

この職員室から出るとき、俺たちは一体どんな表情をしているだろうか。

ほどなくして、俺と理恵は職員室を出た。

すると職員室前の廊下には、慎太郎《しんたろう》、善兵衛《ぜんべえ》、心晴《こはる》、愛菜《あいな》、奈央の5人が集結していた。

「み、皆さん!?」

「どうしたんだよお前ら……もうすぐ1時間目の授業が始まるぞ？」

俺たちは口々に驚きの声を上げる。

すると目の前の5人が笑った。

「別にいいじゃねぇかッッ!!　そんなことより——」

「どうだったわけよ、理恵っち！」

愛菜が慎太郎のセリフを引き継ぎながら、理恵の腕に抱き着いた。

「わ、私たち、どうしても理恵ちゃんの成績がどうだったか気になったから、ここまで来ちゃったの……」

少し恥ずかしそうに、体をもじもじさせながら呟《つぶや》く奈央。

その言葉を聞いた理恵は、静かに微笑んだ。

「……ありがとうございます、皆さん……私なんかのために……」

「それで……結果の方はいかに……」

クイッとメガネを上げて尋ねてくる善兵衛。

こういうことは、俺からじゃなく理恵本人の口から言わせるべきだろう。そう思った俺は、あえて何も話さず、腕を組みながら横を向いた。

俺の考えをくみ取った彼女は、慎太郎たちひとりひとりの顔をゆっくりと見回し、そしておずおずと口を開いた。

「皆さん……私は……」

「「「……！」」」

慎太郎たち5人が、真剣な表情で息をのむ。

するとその瞬間、後ろにあった職員室のドアがガラガラッと開いた。

「!?」

突然のことに驚いた俺が振り返ると、そこには肩をすくめて困ったような顔をする慶太先生の姿があった。

そして先生は肩を揺らして苦笑し、こう言う。

「無事、留年は回避したよ。白鳥さんはお前たちと一緒に3年生に上がれる」

一瞬、周囲を静寂が包み込んだ。

そして。

「「「やった――――ッ!!」」」


慎太郎が拳を天に突き上げ。

善兵衛がメガネを輝かせ。

心晴が跳び上がり。

奈央がはにかみ。

愛菜がうれしそうに理恵《りえ》の肩をバンバンと叩《たた》いた。

皆が皆、それぞれのやり方で、理恵が留年を回避したということへの喜びを表現していた。

慶太先生は「やれやれ……」と呟き、ため息をつく。

「もうすぐ授業が始まるのに廊下の方が騒がしいと思って来てみたら、まったくお前たちは……」

しかしそんな言葉とは裏腹に、慶太先生の目は愉快そうに笑っていた。

◆　◆　◆

数分前。

俺と理恵が緊張の面持ちで職員室に入ると、慶太先生が奥のデスクに座りながら
「さあ、こっちだこっち！」

と手を振ってきた。

顔は真顔で、その表情から理恵の成績が良かったのかどうかを読み取ることはできない。

俺たちはきびきびとした足取りでそのデスクへと歩いていく。他の情報工学科の先生たちは1時間目の授業に備えて忙しそうに資料の準備などを行っていたが、横目でチラチラとこちらの方を見てきていることはすぐに分かった。

どっちなんだ。その視線は一体どっちの意味なんだ。

緊張がピークに達している俺は、周囲で起こっていることに対して異様に神経質になっていた。きっと、隣を一緒に歩く理恵も同様に感じているはず……いや、あるいは俺以上か。

そして俺たちがデスクの前に着くと、慶太先生は俺と理恵の顔を交互に見てから平然と
「おめでとう、留年は回避だ」

と告げてきた。

あまりにも。

あまりにもあっさりと言ってきたので、俺と理恵は固まってしまった。

喜びよりもその唐突さへの驚きが勝ってしまったのである。

そんな俺たちの様子を見て、慶太《けいた》先生が「ワッハッハ！」と豪快に笑う。

先生のその快活な笑顔に安心した俺は、ようやく現実を飲み込めてきた。

「留年……回避……本当ですか、先生！」

俺が聞くと、慶太先生は大きくうなずく。

「よく勉強を頑張ったな、白鳥《しらとり》さん。健斗《けんと》も、聞いたところによると彼女のために色々と頑張ってくれたそうじゃないか。ありがとうな。お前さんにこの件を任せて本当に良かったよ」

「いや、俺なんてそんな……」

「ハハハ、そう謙遜するな。お前には人に何かを教える才能があるのかもな。どうだ、私と同じように、教員の道に進んでみないか？」

先生がおどけた調子で言ってきた。

「いえ、俺には別の夢がありますので」

「そうか？　まあ、それならしょうがない」

そして慶太先生は、理恵の方を向く。

理恵は口をぽかんと開けて、喜びや驚き、安心といった様々な感情をゆっくりと処理している最中という感じだった。

「……白鳥さん、大丈夫かい？」

「え？　あ、ああ、はい先生！」

「うん、それなら良かった。詳しいテストの成績や順位は午後発表するから、その時に確認しておいてくれ。とにもかくにも、留年はちゃんと回避された。安心するんだ、白鳥さん」

「はい……！」

理恵は今にも泣きそうな顔をしたが、唇を噛《か》んでそれをグッとこらえると、先生に向かって深々とお辞儀をした。それから顔を上げると、今度は俺にもお辞儀をしてくれた。

「本当に……本当にありがとうございました……！」

するとその時、慶太先生がまた豪快に笑い声を上げる。

「ワハハハハハ！　いやーしかし、丸く収まってくれて良かった良かった！」

そして先生は顔を引き締めると、「だがしかし！」と続けた。

「白鳥さん、これからも勉強はちゃんと続けていくように！　学生の本分は勉強だ！」

「はい！　これからも頑張ります！」

理恵は、満開の花のように笑うのであった。

◆

◆

◆

それから意気揚々と実習ルームに戻ってきた俺たち。

必死の努力が実って理恵が留年を回避できたのだから、本当はどんちゃん騒ぎをして盛大にお祝いをしたい気分だったのだが、他のクラスメイトたちがいる手前そうはいかない。

理恵が留年の危機にあったということは、俺たちのグループだけの秘密だ。既にその危機は過去のものになったとはいえ、理恵のためにも秘密を守り続けていかなくては。

すると、そのタイミングで1時間目の始まりを告げるチャイムが鳴った。

俺たちが慌てて各々の席に着くと、心なしかうれしそうな表情をした慶太先生が部屋に入ってくる。

理恵が無事に進級できるという事実に、先生も安堵《あんど》しているに違いない。

それから教壇に立った先生は、部屋の中を見渡してクラスメイトが全員座っていることを確認すると、満足げにうなずいた。

「よ～しよし、ちゃんと全員出席しているな！　偉いぞ！　それと皆、朝の会の時にも言ったが……昨日は期末テスト、お疲れ様！　返却は午後になるから、それまでは緊張して気をもむことになるだろうが、まあ我慢してくれ！　さて、今日の実習の内容だが……」

慶太先生は豊かにたくわえられたあごひげをさすり、手元にある数枚のプリントに目を通す。

それからニヤリと笑うと、こう言った。

「皆が今まで真面目に実習を進めてくれたから、1学期にするべき範囲はもう全部終わっているようだ！　よって……1時間目から4時間目までは自由時間！　好きにネットサーフィンをしても良いものとする！」

「イヨッッッッシャ――――ッッッッ！！！！」

拳を突き上げて歓声を上げる慎太郎。他のクラスメイトたちも、突然与えられた自由時間に喜び、浮き立っていた。

慶太先生が「たーだーし！」と付け加える。

「アダルトサイトは見るなよ！　学校のパソコンは強力なフィルターがかかっているんだが、時々それを自力で外してアダルトサイトにアクセスする奴《やつ》がいるからな……」

困ったような顔で先生が言った。まあ、俺たちはわざわざ好き好んで情報工学科に進学してきたインターネットオタク。ほとんどはパソコンのフィルターを外してアングラなサイトに潜り込むぐらい朝飯前にこなすだろう。

「いいか？　皆。そういうことをする時は、絶対にパソコンがウイルスに感染しないようにしろよ！　あと、アクセスしたっていう履歴も完全に抹消しろ！　ちゃんと足跡を消せるようになってこそ、一人前のインターネットエンジニアなんだからな！」

おい先生、その発言は教師としてどうなんだ。

「じゃあ、先生は職員室に戻ってるから、何かあったらいつでも来るように。あと、他のクラスは普通に授業をやってるから、騒ぎ過ぎないようにしろよ！」

「「「は―――い！」」」

そして慶太先生は、パソコン実習ルームを後にする。

その瞬間、クラスメイトたちが一斉にどよめきだした。

「おい、アニメ見ようぜ、アニメ！」

「悪いパス、俺は新発売のゲームの情報見るわ」

「私は動画見よっかな～！」

「あ、このサイト面白そ～！」

パソコンをカタカタといじりながら、楽しそうに騒ぐクラスメイトたち。

その時、遠くの席に座る慎太郎《しんたろう》が、俺に向かって「おーいッッ!!」と手を振ってきた。

そして、これ以上ないぐらい満面の笑みでこう叫んだ。

「健斗ッ！　セキュリティソフトをオフにしたら学校のパソコンからP○rnhubにアクセスできたぞッッ!!　一緒に見ようぜッッ!!」

見るかバカ。

「健斗さん、P○rnhubとは何ですか？」

隣に座る純粋無垢《むく》な理恵が、首を傾《かし》げ、あどけない表情で尋ねてきた。

「何だろう……分からん。多分、ショッピングサイトか何かじゃないか？」

俺は真顔で答える。

「ああ、なるほど！　慎太郎さんはネットショッピングが好きなんですね！」

「そういうことだな。わざわざ学校のパソコンでも見るぐらいなんだから」

俺は心底慎太郎に呆《あき》れつつ、ノートと情報工学の教科書を開いて自習を始めた。本当ならスマホを起動してソシャゲでもやりたいところだが、いくら自由時間とはいえ授業中にそれをやってしまうのははばかられる。

黙々とペンを動かし始めた俺の様子を見た理恵が、

「偉いですね、健斗さん！　こういう時でも自習をするなんて！」

と褒め言葉をかけてくれた。

正直照れ臭かったが、俺は平静を装って「それほどでも……」と呟《つぶや》く。

「理恵は……せっかくだし、パソコンで自由に遊んでみたら？」

「はい、そうですね！」

そして検索ページを開いた彼女は、たどたどしいタイピングで文字を打ち込み始めた。

「何調べてるんだ？」

「ちょうど今日から公開が始まった映画です！　実は前々からこの作品に興味があって！」

そう言いながら理恵《りえ》がアクセスしたのは、『ブラック・コンフィデンス』という映画の公式宣伝サイト。この映画なら俺も知っている、前にテレビでCMが流れていた。

とある正義の心を持った詐欺師が世界を股にかけて暗躍し、悪党たちからお金をだまし取る、という趣旨のハリウッド映画だ。

スーツを着てクールに決めた主演俳優の姿がトップに映っているその映画サイトを見て、うっとりしたような横顔を見せる理恵。

「理恵って……映画、好きなの？」

「ええ、好きですよ！　あ、でも……『オタク』なんてレベルには遠く及びませんけどね」

彼女はそう言ってはにかんだ。

「私最近、憧れるようになってきたんですよ」

「ん？　何に？」

「『オタク』に！」

まさか理恵の口からそんな言葉が飛び出すとは思っていなかったので、俺は吹き出しそうになった。

「えっ……オタクに!?」

「はい！　だって、かっこいいじゃないですか！　1つの道をひたすら極めて行く姿勢！

まさに工業高校生のあるべき姿だと思います！」

俺の方をまじまじと見つめて熱弁してくる理恵。

「そ、そうかなぁ……」

俺は腕を組んで考え込んだ後、こう答えた。

「別に、オタクなんて憧れるようなモンでもないと思うけどなぁ。全然すごくなんかないぞ」

「そうでしょうか？　私はとてもすごいと思いますけどねぇ」

理恵はそう言いながら、パソコンの画面に視線を戻す。

「……なあ、理恵」

「はい、なんでしょう？」

画面を見つめたまま返す理恵。その横顔はあまりにも整っていて、あまりにも美しかった。無防備なその横顔に、俺はついドキッとする。

「せっかく留年回避できたんだしさ。明日、ココウォークで一緒に見ようぜ。その映画」

その言葉を聞いた理恵が、うれしそうに「いいですね、それ！」と声を上げた。

「ぜひまた皆さんを誘って、映画を見に行きましょう！　きっと楽しくなりますよ！」

ニコニコ笑顔で明るく言う理恵。

彼女の笑顔は、いつも太陽のように輝いている。しかもついさっき留年回避を言い渡されたという喜びもあって、その輝きは普段より3倍増しぐらいになっているような気がする。

「ああ、そうだな！　後で皆も誘うか！」

俺はどうせなら理恵と二人きりで映画を見に行きたかったのだが、自然な流れで皆を誘わなくてはならなくなった。別にそれが不服ってわけじゃない。

だが、テスト本番の前日、理恵と二人きりでココウォークにあるカフェで勉強をしたあの時……不思議と、俺はすごく心地よかった。

慎太郎や善兵衛《ぜんべえ》といったクラスメイトたちと過ごすのももちろん楽しい。心がウキウキして、意識していなくても会話が盛り上がる。

ただ理恵と二人きりで過ごしたあの時間には、別ベクトルの『良さ』があった。会話の合間合間、無言になる時間も多くあったのだが、その無言の時間が全く苦ではなかった。

あの安らぎを、また味わいたいと思っている自分が確かにいるのだ。

◆　◆　◆

その後の午後の授業で全員に期末テストの答案用紙が返却され、順位も発表された。

結論から言うと、理恵の順位はクラス19位、学年１３０位。まあ大体中間ってぐらいの順位で、慎太郎とほぼ同じ成績だ。

さて、とはいえ理恵の留年回避が決定した以上、もう彼女の順位そのものはどうでもいい。

今、俺にとって最も重要なのは、当然ながら俺自身の順位である。

というわけで俺の順位なのだが——見事、今回もクラス1位、学年1位の成績を取ることができた。ちなみに善兵衛はクラス順位・学年順位共に2位で、大層悔しがっていた。

そして前回と比べて急激に順位を上げてきたのは愛菜《あいな》。

クラス順位3位、学年順位6位という健闘ぶりであった。この結果には、いつも愛菜に校則に沿った恰好《かっこう》をするよう口を酸っぱくして注意している慶太《けいた》先生も『やればできるじゃないか！』と感心していたほどだ。

ちなみにクラス最下位は再び心晴《こはる》に戻った。今度は理恵じゃなく心晴が留年の危機なんてことになったら俺はもう手に負えんぞ、勘弁してくれ。

そんなこともありつつ、夏休み前の期末テストは無事に終了し、理恵の留年は回避された。

ここまで理恵は、たくさん辛《つら》い思いをしてきた。それでもめげずに努力をして、こうして成果を出した。俺はそれが自分のことのように誇らしかったし、これからも彼女と同じ教室で授業を受けられると思うと素直にうれしかった。

第6話

翌日、土曜日。

『留年を回避できたら映画を見に行こう』という約束通り、俺と理恵はココウォークへと映画を見に来ていた。

それも——二人きりで。

もちろん他の奴らも誘ったのだが、慎太郎、善兵衛、心晴、奈央《なお》は部活、愛菜はVライバーの配信を追うのが忙しいとかで予定が合わず、結局二人だけで行くことになったのだ。

「いやー、面白かったですね！　ブラック・コンフィデンス！」

「ああ、良かったな！」

ココウォークの6階で映画を見終えた俺たちは今、その下の5階にあるカフェ（テスト前日に二人で勉強をしたあの場所だ）でくつろいでいた。

「アクションも良かったですけど、特に終盤のどんでん返しの連続が最高でしたよ！」

ホットコーヒーをすすり、早口でまくし立ててくる理恵。無事に留年を回避できたという安心感もあるのか、その表情はいつもよりも柔和だ。

「そうだよな〜、最高だったよな」

俺はシロップとミルクを大量に投入した甘々のアイスコーヒーをストローで飲みながら相づちを打った。

とは言え適当に返しているだけで、実は映画の内容はほとんど覚えていない。

映画上映中、すぐ右隣りに爽やかな石鹸《せっけん》の香りを漂わせる美女がいたのだから、集中できるわけがないだろう。

「今回は日本語吹き替えで見ましたけど、キャスティングも違和感がなかったですよね！　基本的に洋画は字幕で見る派なんですけど、アクションのある作品の場合は映像に集中したいので、吹き替えの方があっていますね！」

理恵が、その艶やかな黒髪を揺らしながら楽しそうに語った。

今日の理恵のコーディネートは、半袖のダボッとした白いシャツに鮮やかな青色のロングスカート。夏らしく、涼やかな服装だ。

こんなに可愛《かわい》らしい服を着た女性と、一対一でデートをしている。少し自意識過剰だが、彼女を独り占めしているような感覚になり、異様に胸がときめいた。

「ちょっと、お手洗い行ってくる」

「はい！」

俺は席を立つと、トイレの方に向かって歩く。ココウォーク5階のカフェは、すぐ隣に本屋がある——というか壁を隔てているわけではないので、本屋の中にカフェが丸々入っているといった方が正しい。

微妙に胡散臭《うさんくさ》いタイトルの自己啓発本ばかりが並んだ本棚を抜け、俺はトイレに入った。

◆　◆　◆

トイレから戻ると、理恵の座る席の前に、知らない女性が二人いるのが見えた。

「……？」

俺は咄嗟《とっさ》に、本棚の陰に隠れてそこから理恵を見守る。彼女の前に立っている二人の女性は、どちらも緑のラインが引かれた白いセーラー服に身を包んでいた。あの制服は確か……そうだ、翡翠《ひすい》女子高校のものだ。

本棚の陰から耳を澄ますと、その席での会話が聞こえてくる。

「……お久しぶりですね、白鳥《しらとり》さん」

心なしか高圧的な声でそう言ったのは、背の高い金髪の女子生徒。対する理恵は、

「お久しぶりです、西園寺《さいおんじ》さん」

と返した。

この角度からだと理恵の後ろ姿しか窺《うかが》えないのだが、その背中は怯《おび》えているように見える。

するとその金髪の女子生徒――西園寺が、フン、と鼻を鳴らして腕を組んだ。その隣にいる、背の低いボブカットの女子生徒は、ニヤニヤと笑いながら口を開く。

「突然翡翠女子高校から転校してしまったので、とても心配していたんですよ、白鳥さん」

口ではそう言っているが、到底『心配していました』なんて顔はしていない。心の底から今の状況を楽しんでいるかのような、意地悪そうな顔だ。

「ざ……財前《ざいぜん》さん……ご心配をおかけして、申し訳ありません……」

辛そうに声を絞り出す理恵。財前と呼ばれたボブカットの女子が「いえいえ、お気になさらず」と笑って返した。

ここに来て俺はようやく、状況を理解できた。

この西園寺と財前という女子生徒は、理恵の元クラスメイトだ。彼女は以前、『父を失った途端友人たちが手のひらを返していじめてきた』と言っていたが、この二人こそがその『いじめてきた』奴《やつ》ら。

そして休日にたまたま理恵を見つけた二人は、こうして彼女のことをいびりに来た、ということか。

「そういえば……噂《うわさ》によると、白鳥さんは今、出島工業高校に通っているんでしたよね？」

西園寺がそう言うと、財前が「まあ！」とわざとらしく驚き、そして続けた。

「ウフフ！　工業高校だなんて！　大変ですね、翡翠から工業高校に行くとは！　毎日黒い油に塗《まみ》れながらお勉強をするところなんでしょう？」

「い、いえ……そんなことは——」

理恵《りえ》の言葉を遮り、西園寺が

「落ちるところまで落ちましたね、白鳥さん」

と言い放つ。

「翡翠女子高校の生徒は、日本の未来を背負い立つ上流階級の人間となるのが宿命。あなたはその宿命の道から外れ、あろうことか治安の悪い工業高校なんかに行ってしまった」

すると財前が笑った。

「あらあら西園寺さん！　工業高校も、最近はそこまで治安は悪くないって聞きますよ！その代わり、気味が悪くて陰気臭い『オタク』ばかりらしいですけどね！」

「ああ、なるほど！　では白鳥さんも、そのオタクの方々に囲まれて陰の道を歩んでいくのですね！　ご愁傷様！」

俺は無意識のうちに、拳を固く握りしめていた。

この二人の女子生徒は、理恵を『好きに罵倒していい玩具《おもちゃ》』としか思っていない。しかも、適当な偏見で工業高校やオタクのことまでバカにしている。

「やっぱり、お金がないっていうのはみじめですね」

西園寺はそう言うと、一呼吸おいてこう続けた。

「私や財前さんのような『真の』翡翠女子高生は、あなたのような出来損ないの貧乏人とは違って、多くの優秀な学友に囲まれて光の道を歩いて行きます。あなたは精々、陰気臭いオタクに囲まれて傷をなめ合っていればいいわ」

「……」

うなだれる理恵。

一体何が、彼女たちをここまで暴走させているんだ？

理恵が、この人たちに何かしたのか？

父親を失い、財産を失い、『お金持ち』というステータスを失った。理恵本人にはどうしようもないことなのに、それを理由にこうやっていじめるなんて、理不尽なんてもんじゃない。これが『貴族主義』ってやつなのか？

すると理恵が、弱々しく声を上げた。

「そ、そんなこと言わないで下さい……工業高校の皆さんは、いい人たちばかりです……」

「でも気持ちの悪いオタクじゃない。しかも、高校を卒業したらすぐ小さな町の工場にでも就職するんでしょ？　今時大学にも行かないなんて、社会の負け組だわ」

半笑いで言い返す財前。

「そんな……負け組だなんて……働く場所に、勝ちも負けもありませんよ……」

「それは弱者の理論ね」

西園寺はきっぱりとそう言い放ち、胸を張った。

「どう取り繕ったところで、この社会を回すのは私や財前さんのような、一握りの上流階級。平民は所詮、上流階級が作り上げたシステムの中で汗水を垂らすことしかできない無能の集まりよ」

「そうそう、西園寺さんの言う通り！　今風の言葉で分かりやすく言うと……私たちが『リア充』で、あなたのような人が『非リア』ってやつなのかしら？」

そして西園寺と財前は、顔を見合わせ笑った。理恵は、いたたまれないように肩をすくめる。

「そこまで言わなくても……」

その、理恵の所在なげな背中を見た瞬間、俺は頭に一気に血が上っていくのを感じた。

そして、気が付けば。


「やめろよ……！」

俺は理恵の隣まで歩み寄り、西園寺と財前を睨《にら》みつけていた。二人は、突然現れた俺のことを怪訝《けげん》な表情で見つめてくる。

「……誰？　あなた」

西園寺が聞いてきたので、俺はただ
「理恵のクラスメイトだ」

とだけ答えた。

「ああ、なるほど……噂をすれば早速、気味の悪いオタクが白鳥さんを守るために登場してきたってわけか！」

そう言って愉快そうに口角を吊《つ》り上げる財前。

理恵は咄嗟に俺の腕を握ると、懇願するようにこう言った。

「健斗《けんと》さん、私のことはいいんです！　揉《も》め事《ごと》になる前に、どこかに行きましょう！」

「理恵……」

俺は理恵の目を見る。その瞳は、悲しそうにうるんでいた。

俺はどうしても、彼女にこんな目をさせたこの二人が許せなかった。

「……撤回しろよ、さっきの言葉」

「……はい？」

「理恵、工業高校、オタク……色んなもん、バカにしただろ。全部撤回しろ」

「なによあなた。さっきまでの会話、盗み聞きしてたの？　やっぱりオタクは品がないのね」

　そう冷たく言い、目を細める西園寺。隣の財前が口を開いた。

「私たち、間違ったことを言ってるなんて思っていないわよ」

「……別に俺だって、お前たちの意見を全部否定しようってつもりはない。どんなに正論を並べ立てたところで、生まれやお金で人生の大半が決まるのは事実だと俺も思う。でも、だからって工業高校に通う理恵や俺みたいなオタクを批判していい理由にはならないだろ。俺はただ、そこを考え直して欲しいだけなんだよ」

「ふん！」

　西園寺が、くだらなそうに鼻で笑う。

「自己弁護に必死ね、あなた。オタクなんて気味が悪いだけの社会不適合者じゃない」

「……あんたらにとって、『幸せ』ってなんだ？」

　俺が唐突にそう聞くと、目の前の二人は口をそろえて、

「「……は？」」

　と呆気《あっけ》にとられたような声を上げた。

　俺は、はらわたが煮えくり返る思いで口を開く。

「たくさんのお金に囲まれて、デカい家に住んで、デカい犬でも飼って、俺たち庶民を見下してふんぞり返ることか？」

「……それも、悪くないかもね」

腕を組んで返してくる西園寺。

「くだらねぇ人生だな」

「そっくりそのままお返しするわ」

財前が相変わらずのにやけ面でそう言った。さらに腰に手を当てながら続ける。

「一生働いて、一生貧乏なまま、くだらないアニメでも見て癒されていればいいじゃない」

「お前たちは、オタクを誤解してる」

俺はそう言い放ち、深く息を吸った。

「オタクっていうのはな、スゲェんだよ。1つのコンテンツに夢中になって、人生丸ごと懸けられる熱い奴らの集まりなんだよ。アニメ、漫画、ゲーム……色んなコンテンツを楽しみつくして、人生を謳歌《おうか》してるんだよ」

「それが『くだらない』って言っているんでしょ」

冷ややかな目を向けてくる財前。だが俺は決してひるまない。

「そうか？　さっきお前は自分たちを『リア充』で俺たちを『非リア』って呼んでたけど、本当にそう言えるのか？　お前らが庶民相手に空虚なマウントを取っている間に、オタクはこの世界にあるコンテンツを遊び、熱中しているんだぜ。しかも工業高校には、そういう面白いコンテンツに影響されて、『なんならもっとすごいコンテンツを作ってやろう』って意気込んで来る奴もいる」

例えば善兵衛《ぜんべえ》。あいつは大好きなロボットゲームの新作がいつまで経《た》っても出ないので、自分でゲームプログラミングを学んで新しいものを作ろうと考えている、すごい奴だ。

工業高校にはそういう、自分で面白いものを生み出そうって気概を持つ奴が大勢いる。

「上流階級にどれだけくだらないって言われようと、アニメも漫画もゲームも、日本で生まれたものが世界中で人気になってるんだ。それに熱中して、しかも自分も生産者側に回ろうと努力している。仲間もたくさんいる。そういうオタクって、ちゃんと『リア充』って言えるだろ」

「「……」」

西園寺《さいおんじ》と財前は、眉をひそめて困ったように見つめ合った。『何を言っているんだこの男は』って顔だな。

まあそうだろう。どのみち、俺がどれだけオタクの素晴らしさやリア充の定義を熱弁したところで、頭の固いこいつらの考えを覆すことは不可能だと分かっていた。

だから代わりに、俺が今こいつらに告げている言葉が、理恵に届けばそれで良いと思う。

目の前にいる西園寺と財前の気持ちは変えられなくても、隣で悲しそうに座っている理恵を勇気付けられれば良いんだ。

「日本のカルチャーを動かしてきたのは、いつだってオタクなんだ。1つのことに熱中して、極めてきたオタクなんだ。お前らがどれだけ軽蔑したところで、オタクが素晴らしいって事実は変わらないんだよ！　好きなだけふんぞり返ってマウントごっこでもやってろ！」

俺はそれだけ言うと、理恵の手を握り、無理やり立ち上がらせる。

「行くぞ、理恵！」

「あ、ちょっと、健斗さん！」

そして俺は彼女の手を引き、西園寺と財前《ざいぜん》の間を颯爽《さっそう》と通り抜けて、カフェを後にした。

◆　◆　◆

ココウォークを出ると、すぐ目の前に路面電車の電停がある。そこの電停のベンチに、俺たちは座った。

「……すいませんでした、健斗さん」

「なんで理恵が謝るんだよ」

「いや、でも……」

「気にすんなよ」

これからも西園寺と財前は、貴族主義の選民思想ってやつで俺のようなオタクのことを笑い、理恵《りえ》を『落ちこぼれ』と呼んで後ろ指を指すのだろう。

そういう奴《やつ》らの考えを変えることなんか、どうせ不可能なんだ。

だからあの二人のことは忘れるしかない。気にしたら本当に負けだ。

「ところでさ」

「はい？」

「俺さ、昨日パソコン室で『オタクなんて憧れるようなモンでもない』って言っただろ。あれ、撤回する」

「じゃあ……オタクに憧れる私の気持ちは正しいってことですか？」

理恵がそう言ってはにかむ。俺は「だな」と笑い返した。

そして俺は、深く息を吸ってこう続ける。

「実を言うとさ……俺も、昔はオタクじゃなかったんだよ」

その言葉を聞いた理恵が、「えっ！」と声を上げて驚いた。

「……そ、そうなんですか？」

「ああ。中学生の頃の俺は結構……チャラい感じ、だったかもな。俗に言う、典型的な『陽キャ』だった」

そう。数年前の俺は、アニメや漫画、ゲームといったオタク趣味とは無縁で、いつもチャラチャラした恰好《かっこう》をして適当に遊び歩いているような人間だった。

「で、俺の親父《おやじ》が電気工事士でさ。親父みたいな工業系の職人に憧れて工業高校に入ったんだけど、周りが濃いオタクばっかりで、最初は戸惑ったぜ」

慎太郎《しんたろう》、善兵衛、心晴《こはる》、愛菜《あいな》……俺の周りは、超がつくほどのヤバイ奴らばかり。最初の頃はこいつらにドン引きしてばかりの毎日だったのを覚えている。

いや、今でも引く時は引くけども。

「で……ほら、俺って何事も一番になるのが好きだろ？　だから、『このクラスで一番にのし上がるためには、誰よりもオタクになるしかない』って思って、精一杯張り合ってオタクになった」

「……じゃあ、健斗さんって、本当はアニメとかには興味がないんですか？」

「いや、そんなことはない」

俺は首を横に振る。

「きっかけは周りと張り合うためだったけど、色々と見ていくうちに普通にアニメにハマってさ。アニメは子どものものって思ってたけど、『世の中にはこんなにすげぇコンテンツがいっぱいあんのかよ！』って衝撃を受けたのを覚えてる」

「なるほど……なんか、驚きです」

「だろ」

「でも健斗さんは、どうしてそこまでして一番になりたがるんですか？　そりゃあ、人間だったら大なり小なり、誰でも一番になりたいって気持ちは持っているでしょうけれど……」

「なんで、か……」

その時、俺の頭の中にこれまでの人生が走馬灯のようにフラッシュバックしてきた。約十七年に及ぶ人生、楽しかったことばかりとはいかない。悲しかった思い出や苦々しい思い出もたくさんある。

俺は数秒口をつぐんだ後、ただただ一言、

「トップにいれば、皆嫌でも俺のことを見てくれるだろ」

とだけ答えた。

理恵は「そうですか」と言うと、そこに関してはそれ以上突っ込んでこなかった。何となく、俺の言葉の中にある『含み』を感じ取ってくれたのかも知れない。

「……ところで、健斗さんが元はオタクじゃなかったってこと、皆さんは知っているんですか？」

「ほとんどの奴らは知らない。あ、でも……」

「でも？」

「心晴は知ってる。てか、普通に俺が根っからのオタクじゃないって見抜いてきた」

俺は笑いながら言った。

そう、あいつはいともたやすく俺の本性を見抜いたんだ。あれは去年の5月、俺がオタクになろうと必死にアニメを見まくっていた時のこと――

◆　◆　◆

休み時間。

俺はいつものように、イヤホンを着けてスマホで今期のアニメをチェックしていた。するとその時、隣の席に座っていた心晴がトントン、と俺の肩を叩《たた》く。

「？」

俺は不審に思いながらイヤホンを外した。すると心晴は、真顔で
「健斗《けんと》ってさ、本当はオタクじゃなかったりする？」

と言ってくる。俺はドキッとした。

「えっ!?　い、いや、そんなことねぇよ！　俺、アニメ大好きだし……」

と、しどろもどろになる俺の姿を見て、愉快そうに笑う心晴。

「別に、見栄《みえ》はらなくていいって！　なんか健斗って、顔がオタクっぽくないんだよね」

「は、はぁ……」

あっさりと本性を見透かされた俺は、驚きながら心晴のことを見つめた。

「健斗はさ、どうしてオタクになりたいの？」

「えっと……皆と話を合わせたいから、かな……」

「ふーん、なるほどね。でも、オタクってそこまでいいもんでもないと思うけどなー」

そう言って頭の後ろで手を組む心晴。

「オタクってさ、まあ私も含めてだけど、めんどくさい奴ばっかだよ。相手がちょっとでも知識が浅かったらにわか呼ばわりするし、健斗みたいにアニメを十秒スキップしながら視聴する人間のことも嫌ってるし」

またしてもドキッとさせられた。

俺は休み時間中いつもスマホでアニメを視聴しているわけだが、つまらないと思ったシーンはちょくちょく十秒スキップしている。

一刻も早く、たくさんのアニメを見て周りのクラスメイトと話を合わせたいがためにそうしているのだが、隣の席の心晴にはその行為をばっちり見られていたというわけか。

「……やっぱ俺みたいなのって、オタクの界隈《かいわい》だと嫌われちゃうのかな？」

「かもね。でもさ、別に健斗は、アニメを違法視聴してるわけじゃないでしょ？」

「当たり前じゃん。お金払って、アニメのストリーミングサービスに加入してるよ」

「ならそれでいいよ」

心晴は安心したように、ウンウンとうなずいた。

「今の世の中、アニメを違法視聴しておきながら、お金払ってアニメを見てる人に対して『倍速視聴するな』とか『十秒スキップするな』みたいな偉そうなこと言ってくる、しょーもないオタクがいっぱいいるわけよ」

「えっ、マジで?」

「マジマジ!」

心晴はケタケタと笑う。

「オタクって時々さ、コンテンツにハマって盲目的になるあまりに、必要以上に自分の好きなものを神聖視し始めるのよ。そうなったら厄介だね。『アニメの間にはちゃんと意味があるんだからスキップするな!』って叫ぶオタクもいっぱいいるけどさ、ぶっちゃけた話、アニメなんか尺稼ぎのつまらない間がいっぱいあるわけ。海外ドラマとか映画も同じ。仮に間に意味があろうと、そこを視聴者に面白いと思わせられなければ滑った演出でしかないのに、それを無理やり『登場人物の複雑な心情が表れた素晴らしい演出』って持ち上げる。くだらないよね。そうやってどんどんライトな層を排斥するようなこと言ってると、格闘ゲームみたいに新規が入ってこられない界隈になっちゃうよ」

「あ、熱いね、心晴……」

俺は若干引きながら苦笑いをした。

「ごめんごめん、愚痴ってたら話が脱線しちゃった。まあ何が言いたいかって言うと……オタクになるのはいいけど、変な奴らに染まろうとしちゃ駄目だよってこと」

「ふ〜ん、『染まる』か……」

「倍速視聴だとか、十秒スキップだとか、そういうのを駆使していっぱいアニメを見てオタクぶったっていいんだよ。どうせ硬派ぶってるオタクだって、数分前にWikipediaで知った情報をさも自分の専門知識であるかのような口ぶりで喋《しゃべ》ってたりするんだから」

「アハハ……確かに、SNSとかにそういう人は結構いるかも……」

「だからさ、面倒な風潮に染まらないで欲しいわけ。たとえオタクになっても、そのコンテンツに批判的な目を向ける気持ちを忘れないで。他のオタクを、『にわか』って言って排除しようとしないで。とにかく、健全で善良なオタクになってね！」

「……なんつーか……現在進行形でめんどくさいオタクをやってるな、心晴」

俺がそう言うと、心晴は「ムッ、確かに！」と神妙な面持ちになり、それからおちゃらけたように微笑《ほほえ》んだ。

「まあでもさ」

そして彼女は、俺の顔をまじまじと見据えて続ける。

「わざわざオタクになってまで私たちと仲良くなろうとしてくれる健斗のその姿勢、すっごく好きだよ！」

そう語る心晴の瞳は思わず吸い込まれそうになるほどきれいで、自然と胸が高鳴った。

◆　◆　◆

そんなあの日のことを思い出しながら。

俺は理恵に、あの時心晴から告げられた言葉を、自分なりにかみ砕きながら伝える。

「理恵がオタクに憧れる気持ちは分かる……っていうか俺も通った道ではあるんだけど、でも、無理に変わる必要もないんだよ。『オタクになる』って、『周りのオタクに染まる』ってことじゃないから」

「なるほど……」

「別に、深夜アニメを見るだけがオタクじゃない。理恵がヤドカリさんとかトラえもんみたいなアニメが好きだって思うなら、その気持ちのままオタクになればいい。『自分らしく』が一番大事だ」

「そうですね……実を言うと私、結構迷っていたんです」

「迷っていたって……何が？」

「例えばこの動作」

するとおもむろに立ち上がり、スカートの端をちょん、と摘《つ》まみ上げると、丁寧にお辞儀をする。

頭を上げた理恵《りえ》が少し恥ずかしそうに顔を赤らめると、慌ててベンチに座り直した。

「この動き……やっぱり変ですよね？」

「ん？　あー……」

理恵のこのお辞儀を初めて見たのは、彼女が転校してきた初日に、一緒に食堂でお昼ご飯を食べていた時。

『この度はお昼の会食にお誘いいただき、誠にありがとうございます』と言いながらこのうやうやしいお辞儀をしてきたので、度肝を抜かれた記憶がある。

俺だけでなく、あの慎太郎や善兵衛《ぜんべえ》でさえも度肝を抜かれていた。

「確かに、今まで理恵が生きていた世界では当たり前の『礼儀』だったのかもしれないけど、世間一般的には……変だな」

正直、慇懃無礼《いんぎんぶれい》と捉えられてもおかしくないと思う。

「私も、こういう動作をしない方が良いのかなって考えていたんです。でも、これは昔から『大切な礼儀』として教えられてきて、身に沁《し》みついているものですから、中々捨てられなくて……」

「なるほどね」

「そもそもこういう礼儀作法の一式を私に教えてくれたのは、今は亡き父なんです」

「……」

その言葉を聞いて、俺は息をのんでしまった。これはデリケートな部分の問題だ。

彼女にどう言葉をかけるべきか悩みつつも、静かに口を開く。

「そうか……じゃあ、そういうお辞儀なんかも、理恵のお父さんが残してくれた思い出みたいなものなんだな……」

理恵がコクンとうなずく。

「だから……捨ててしまおうかどうか、すごく迷っていたんです」

「……」

若くして大事な父親を失ってしまった彼女にとって、その父親から教えられた礼儀作法は大切な思い出であり、もっと言えば……『形見』のようなものだ。

たとえ世間一般ではおかしな動きとして捉えられようとも、そう簡単に捨てられるものではないはず。

「でももう、吹っ切れました！」

理恵が、爽やかな笑顔と共にそう言った。

「『自分らしく』が一番大事……ですよね！」

その声はどこまでも晴れやかで、胸がスッと軽くなるような、明るい響きを感じさせる。

「ああ……そうだ！　俺たちからしたらちょっと過剰に見える理恵のお辞儀だって、それは理恵の個性なんだから！」

「はい！　だから私、捨てません！　お父さんに教えられた礼儀作法を、『自分らしさ』として、ちゃんと大事にしていきます！」

穏やかな風が吹き、夏の日差しで温まった体が少しだけ涼しくなった。

ちょうどそのタイミングで、遠くから路面電車が走る音が聞こえてくる。

「じゃあ……帰るか！」

「はい！」

俺たちはベンチから立ち上がった。

暑い日も、寒い日も、うれしいことがあった日も、辛《つら》いことがあった日も、路面電車は長崎の市街地を一定のスピードで走り続けている。長崎の風景の一部だ。

俺と理恵は同じ電車に乗り、そして帰路についた。

お互いの深い所に一歩踏み込んで、今まで以上に仲良くなれた1日だった。

◆　◆　◆

2日後、月曜日。

今日も含めてあと数日だけ学校があるのだが、それさえ乗り越えれば待ちに待った夏休みである。振り返ってみると、長いようで短い1学期だった。

理恵が転校してきて、彼女の留年を回避させるためにクラスメイトの仲間たちと協力し合って……そして、夏休みになったら五島に遊びに行こうと皆で約束した。

俺は数日後に迫る夏休みへの期待に胸を高鳴らせ、朝の教室に入った。

「ウィッス、おはよー」

「おはよう健斗《けんと》ッッッ！！！」

教室に入るなり、俺は慎太郎《しんたろう》から熱い抱擁を受ける。

「邪魔なんだが……」

顔にこのゴリラの分厚い胸板が押し付けられて息苦しい。押しのけようにも万力のような強さの腕に捕まれていたのでは身動きが取れない。

「ワハハハハッ！　実は昨日、新発売のカードパックを買いに行ったんだが、全部転売屋に買い占められていたんだッ！　怒りが収まらないから八つ当たりさせてくれッッ!!」

「ふざけんな！」

転売屋に怒りを募らせる気持ちはオタクなら痛いほど分かるが、だからって俺に抱き着いてくるのは違うだろ。

すると、ちょうど教室に入ってきた奈央《なお》が、くんずほぐれつしている俺たちの隣を通り過ぎながら

「おっ、今日も元気にやってるねぇ～！　慎×健だねぇ～！」

と楽しそうに呟《つぶや》いた。

「おい奈央！　朝っぱらから変なこと言うなよ！」

「そうだぞ奈央ッ！　あと、昨日の夜にメールで送った俺の渾身《こんしん》の新作純文学小説『悪役カードゲーマー令嬢の華麗なる復讐《ふくしゅう》～ワタクシ、生意気貴族の言いなりにはならずにカードゲームの腕前一つで世界の頂点に立って見せますわよ～』の第1話はもう読んでくれたかッ!?　感想を聞かせてくれッ！」

「え？　ああごめん、タイトルからして変なスパムメールだと思ったから読まずに捨てた」

「なんでだよッッ!!」

そんなことはいいからとっととヘッドロックを外せよ慎太郎。

すると今度は、教室の隅っこでイヤホンを着け、目をかっぴらいてスマホを凝視していた愛菜《あいな》がこっちに走り寄ってきた。そしてイヤホンを片耳だけ外すと、

「おい健斗！　大事件だよ大事件！　アタシの話聞いてよ！」

と言いながら俺の脇腹を小突いてくる。

今、それどころに見えるか？

それから数秒後、ようやく慎太郎の熱い抱擁から抜け出した俺は、ぜぇはぁと荒く呼吸

をしつつ愛菜に「で、何の用だ？」と尋ねる。

すると愛菜は、手に持ったスマホの画面をこちらに向けてきた。

そこに映っていたのは、とあるVライバーの配信画面。

配信タイトルは……『侍系Vライバー、ぶしどう剣子《けんこ》の雑談配信』。

ぶしどう剣子。初めて聞く名前だ。

鎧武者《よろいむしゃ》の恰好《かっこう》をした可愛《かわい》らしい女性Vライバーが、楽しそうに雑談配信をしている。

リアルタイムの視聴者人数は３００人。Vライバーの数が飽和状態にある今の時代において、そこそこ中堅と言える数字を叩《たた》きだしているな。

「？　この人がどうかしたのか？」

「声を聞いて声を！　何か気付くことはない!?」

「え……？」

すると愛菜はいきなり、イヤホンのもう片方を俺の左耳に押し込んできたので、思わず一瞬ドキッとしてしまう。

普通、付き合ってもない男女がこうやって片耳ずつイヤホンを分け合ったりするか？

まあ愛菜の他人との距離感がおかしいのは今に始まったことではないので、気にしないでおこう。

それはさておき、イヤホンから聞こえてくる配信の声に集中してみる。

そこから聞こえるのは……可愛らしい女性の声。

こう言っちゃあなんだが、まあよくある『Vライバーっぽい』声だな。

「……この声がどうかしたのか？」

「かぁーっ!!　まだ気付かないのかね健斗は!!」

呆《あき》れたように腰に手を当てて言う愛菜。まるで意味が分からない。

俺がキョトンとした顔で沈黙していると、しびれを切らした彼女がこう言ってきた。

「このぶしどう剣子って子、中の人は間違いなくはやぶさ忍子《にんこ》ちゃんよ！」

はやぶさ忍子。つい先日、炎上騒動があって引退してしまった愛菜の推しVライバーだ。

「要するに、転生したってことか」

軽く説明すると、色々とあって引退したVライバーが見た目を変えて完全な別人として再びデビューすることを、あの界隈《かいわい》では『転生』と呼ぶ。

ネットに疎い人々からしたら到底理解できない文化かも知れないが、イラストという簡単に替えがきく皮を被《かぶ》っているVライバーだからこそできるやり方なのだ。

「ついこの間デビューしたばかりなんだけど、既にアタシ以外にも、彼女が元忍子ちゃんだってことに気付いているファンは大勢いるみたいね！」

「ああ、だからもう300人も視聴者を集めているってわけか。普通なら新人でここまで人を集められるライバーなんてそうそういないもんな」

ちなみに、Vライバーの中の人……すなわち『魂』について視聴者が言及することはタブーとされている。だから配信のコメント欄を見る限り、この『ぶしどう剣子』という子に『もしかしてはやぶさ忍子ちゃんですか？』なんて聞いている視聴者は一人も見受けられない。

炎上してしまった人間が、こうして新たな姿を得て再スタートしているのだ。そういう人に対して前世のことを蒸し返すようなコメントをするのは、無粋というものなのだろう。

「うれしいわ、アタシ……！　忍子ちゃんの中の人がこの世界に戻って来てくれた……！」

そう言って、スマホを心底愛《いと》おしそうに両手で握りしめる愛菜。するとその時、いつの間にか彼女の背後まで忍び寄っていた心晴《こはる》が、満面の笑みで

「よっしゃ！　匿名掲示板にその剣子って奴晒《やっさら》すか！」

と叫んだ。

「だーもう！　心晴は黙ってろ！」

「ニシシシシ！」

白い歯を見せて愉快そうに肩を揺らす心晴。

「愛菜ってホント、Vライバーのこととなるとすぐカッとなるよねー。わからん殺しにハ

「そういうわけ！」

メられて台パンかます格ゲー中級者並みに耐性ってやつがないんだから！」

「あぁん？　何言ってるか全ッッ然分かんない！　いちいち格ゲー用語交えながら喋《しゃべ》んないでくれる!?　そういうの痛いんですけど!!」

「Vライバーにガチ恋してるあんたよりはよっぽどマシだっつーの！」

「どっちもどっちだぞ」

俺は冷静に口を挟みながらため息をついた。まったく、心晴の煽《あお》り癖は今日も絶好調だな。

絶好調と言えば——

シュ————ッ！　シュ————ッ！

ロボットオタク・善兵衛《ぜんべえ》も絶好調だ。

こいつはなんと今、自分の机の上に新聞紙を広げ、そこにバラバラにしたプラモのパーツを置き、それに向かってスプレー缶を盛大に噴射している。

そう、塗装中なのである。

「おい善兵衛ッ！　スプレー缶、臭いからやめろよッ！」

「ハッハッハ、少しぐらい我慢して下され、慎太郎殿！　教室の窓は全て全開にしておきましたから、心配せずとも臭いはすぐに消えますぞ！」

善兵衛はスプレー缶片手に笑った。いや別に、密閉されてなければ教室でプラモを塗装して良いという話にはならないと思うんだが……まあ、善兵衛にそんなことを言っても暖簾《のれん》に腕押しなことは確実だ。

「てか善兵衛、今何してるの？　わざわざプラモデルを全部灰色に塗装しちゃうなんて、もったいなくない？」

愛菜との口喧嘩《くちげんか》を切り上げた心晴が尋ねる。彼女の言う通り、善兵衛は今、全てのパーツを灰色に塗装していた。

「心晴殿、良い所に目を付けましたな！　これは『サフ吹き』です！　サーフェイサーという特殊な塗料をパーツに吹き付けることで表面の仕上がりを均一にし、この上から色を塗った時に塗料のくいつきを良くする効果が――」

「ん、興味ないからいいや」

心晴はぴしゃりと言い放ち、自分の席に戻っていった。自分から聞いておいてその反応は冷たすぎるだろう、心晴。

と、ちょうどその時。

教室の扉がゆっくりと開き、理恵《りえ》が登校してきた。

カバンを両手で前に持ち、穏やかな足取りで俺たちの方に向かってくる。

一挙手一投足が優雅であり、洗練されたその姿に俺は思わず見惚《みと》れてしまった。何というか——今日の理恵は、一段と美しい。

特に髪型が変わったとか、メイクが変わったとか、そういうわけではない。

もしかしたら先日の映画館デートを経て、俺が白鳥《しらとり》理恵という一人の女性への理解を深めることができたからこそ、今まで以上に魅力的に見えるようになったのかも知れない。

理恵は音を立てないよう静かにカバンを床に置くと、スカートの端をちょん、と摘《つ》まみ上げ、俺たちに向かって深々とお辞儀をした。

そのお辞儀を見た瞬間、あの時の彼女の言葉がフラッシュバックする。

『そもそもこういう礼儀作法の一式を私に教えてくれたのは、今は亡き父なんです』

『お父さんに教えられた礼儀作法を、『自分らしさ』として、ちゃんと大事にしていきます！』

理恵にとって、このお辞儀は形見だ。俺たちの世界では滑稽に見えようと、これは彼女の個性なんだ。だから俺は絶対に彼女のお辞儀をバカにしないし、俺の仲間たちにもバカにするようなつまらない奴はいない。

「ごきげんよう、皆さん」

顔を上げてにこやかに微笑《ほほえ》む理恵。

「うん、おはよう！」

俺は満面の笑みで返した。

クラスメイトたちも、次々と理恵のもとに歩み寄り、話しかけていく。

「おはようございます、理恵殿！　どうです、小生と一緒にプラモデルの塗装をしませんか」

「お誘いありがとうございます、善兵衛さん。今は結構ですけれど、また次の機会があればぜひ！」

「ねえねえ理恵っち！　じゃあさ、アタシと一緒にVライバーの配信見よ！　この間見つけた、このぶしどう剣子ちゃんって子がオススメでさ！」

「はいはい、どいたどいた！　理恵は私と一緒にアニメ見るの！」

「むっ、アタシの布教活動を邪魔すんなよ心晴！」

「ね、ねえ理恵ちゃん！　私と一緒にネット小説読もうよ！」

騒がしいクラスメイトたちに囲まれた理恵は、少し困惑したように笑っていたが――とても幸せそうだった。そんな彼女のことを、俺は遠目に眺める。

理恵がこの学校に転校してきたばかりの頃は、周囲と明確な壁があったが、それがきれいさっぱりなくなった。

彼女の満たされたような今の表情を見ていると、俺は思わず涙腺が緩みそうになる。この1学期、彼女のために色々と頑張ってきて良かったと、心の底から強く実感した。

その時慎太郎《しんたろう》が、学ランの内ポケットからデッキケースを抜き出しながら叫んだ。

「よっしゃッ！　理恵、デュエルしようぜデュエルッ！」

すると理恵はニコッと不敵な笑みを浮かべると――スカートのポケットから、純白のデッキケースを取り出す。

「やりましょう、慎太郎さん！」

工業高校の生徒たるもの、いつカードゲームで勝負を挑まれてもいいようにデッキは常に携帯しておく。理恵もまた、工業高校という特殊な環境に適応してきているようだ。

そして彼女は、少し離れた場所にいた俺の方に優しいまなざしを向けてくると、口を開いてこう言った。

「さあ、健斗《けんと》さんもこっちに来てください！　皆で、デュエルして遊びましょう！」

聖母のような大人びた雰囲気と、子どものように無邪気な笑顔。絶妙に矛盾をはらんだその美しさに見惚れつつ、俺はうなずいた。

「よっしゃ……やるか、デュエル！」

オタク、がり勉、変わり者、何でもあり。

普通科高校ならのけ者にされ笑われるような奴らが、ここでは水を得た魚のように活《い》き活《い》きと――『リア充』になって学校生活を楽しめている。

自分がどういう人間なのかを隠さなくていい。

恥ずかしがらなくていい。

それが工業高校なんだ。

だから理恵も、『自分らしさ』を忘れず、そのまま堂々と生きていけばいいんだ。

俺はデッキケース片手に笑顔で歩み寄り、皆の輪の中に入った。

青木健斗
Kento
Aoki
カーストが逆転する
教室へようこそ！
1
Character
Design
男子編

赤池慎太郎
Shintaro Akaike
緑川善兵衛
Zenbee Midorikawa

白鳥理恵
Rie Shiratori
胡桃愛菜
Aina Kurumi
Character Design
女子編

黄田心晴
Koharu
Kida
井黒奈央
Nao
Iguro

あとがき

初めましての方は初めましてて、しもっちです。

『カーストが逆転する教室へようこそ!』第1巻、楽しんでいただけましたでしょうか。

本作は、キャラの濃い登場人物たちが織り成す王道ラブコメです。

気が付けば、書いている内に「ラブ」よりも「コメ」の方が、圧倒的に比重が大きくなった感は否めませんが……でも本筋は「努力家でお人好《よ》しな主人公が、困っているヒロインを助ける」という超正統派です。

筋肉ムキムキのカードゲームオタクや常軌を逸したロボットオタク、バチバチのギャルメイクをしたVライバーオタクなど、様々なヤバいキャラが本編に登場しますが、読んでくださった皆さんが「このキャラは自分と趣味が合うな」とか「このキャラとはお友達になってみたいな」といった感じで、親しみを覚えていただけたら嬉《うれ》しいです。

この作品が出版されるちょうど一か月前の2021年12月25日は、何を隠そう、私の作家プロデビュー2周年の日となります。

プロデビューした際のことは、今でも鮮明に覚えています。

『トラック受け止め異世界転生ッ! 熱血武闘派高校生ワタルッッ!!』という作品で第6

回オーバーラップ文庫大賞の特別賞をいただき、晴れて私はデビューしました。

筋骨隆々の熱血日本男児・ワタルがある日ひょんなことから異世界に転生し、鍛え上げた肉体と技を駆使して魔王やドラゴンと戦う。最初から最後まで余すことなくハイテンションギャグにあふれた、私の思い出の作品です。

そして『ワタル』の第2巻を出版し終えた後、担当編集から「ぜひ一緒に企画を作り上げて、また新しく小説を出しましょう！」と提案していただきました。

色々とお互いにアイデアを出し合っていく中で、前作である『ワタル』が破天荒なコメディ作品だったこともあり、次回作は逆に毛色の違ったジャンルでいこう、という流れになりました。そこで私が目を付けたのが、ラブコメです。

とはいえ、長編のラブコメを執筆するのは初めてのこと。

具体的にどういう内容にしていくか考えるのにかなり苦戦したのですが、担当編集からのアドバイスもあり、「学内でのカーストをテーマに」「キャラクターの強さを前面に押し出す」「地元のローカルな話題を組み込む」という3つを主軸にして、作品を書いていくことになりました。

1つ目の軸である「学内でのカーストをテーマに」というのは、やはり昨今の学園ラブコメだとカーストというワードがトレンドになっているからですね。そこで自分なりにカーストというものを分析してみたのですが、そもそも私は工業高校の出身なんですよ。

で、当時はクラスメイトのほとんどがオタクで、冗談抜きでみんな横並び、カーストとか特になしって感じでした。

やっぱり、工業高校に入学してくる時点で、みんなある程度趣味というか好きなものの方向性が同じなので、仲良くなりやすいんですよね。そういう工業高校ならではの風潮があるんだろうな、と考えた時に、いっそ工業高校を舞台にすると面白いかも知れないという結論に辿《たど》り着きました。この時点で、本作の骨組みはほとんど完成していました。

2つ目の軸である「キャラクターの強さを前面に押し出す」というところに関しては、正直執筆中はほとんど意識していなかったと思います。書いていく中で、自然と全員のアクが強くなっていきました。

本編を既に読んでくださった方ならお分かりだと思いますが、キャラの薄い登場人物はこの作品には一人としていません。登場人物のキャラが意識せずとも異様に濃くなっていくというのは、かつて破天荒コメディであった『ワタル』を執筆していた際に得たスキルのようなものかも知れません。

さて、本作の3つ目の軸は「地元のローカルな話題を組み込む」です。私は長崎市で生まれ育った人間なので、長崎のローカルな話題をたくさん盛り込んでみました。

ココウォーク、アニメイト、長崎市立図書館、ピラミッド（というか G-stage 浜町店）などなど……自分にとって非常になじみのある場所の数々が作中には出てきます。もしも皆さんが、この小説をきっかけに少しでも長崎という場所に興味を持っていただけたなら光栄です。

長崎を観光する機会があった際は、ぜひ本作で登場する場所を訪れてみてください。どこも素敵な場所ですし、ピラミッドは本当にピラミッドなので驚くと思います。

『ワタル』を出版してデビューした当初は、どれだけ小説家という仕事を続けられるのか不安で仕方ありませんでした。ですが、なんとか最近も、忙しく活動をさせていただいております。出版不況と言われるこの時代に、それでも小説の仕事を色々と出来ているというのは、本当に、本当にありがたいことです。実は私は、児童文庫のレーベルでも執筆を手掛けておりますので、気が向いたら調べてみてください。

それでは最後に謝辞を。私の原稿を丁寧にチェックしてくださった校正様。あまりにも個性とアクの強いキャラクター達を、美しく、親しみ深いデザインに仕上げてくださった麦化《むぎか》様（特に愛菜のデザイン！　私はムチムチした二次元の女性キャラが大好きなのですが、愛菜は本当にドストライクのキャラデザです！　圧倒的感謝ッッ!!）。そしてもちろん、今このあとがきを読んでくださっている読者の皆様。本当にありがとうございます。

それでは、第2巻でお会いしましょう。

しもっち

作品のご感想、
ファンレターをお待ちしています

あて先

〒141-0031
東京都品川区西五反田 8-1-5 五反田光和ビル4階
オーバーラップ文庫編集部
「しもっち」先生係／「麦化」先生係

OVERLAP

カーストが逆転する教室へようこそ！①

発　行　2022年1月25日　初版第一刷発行

著　者　しもっち
発行者　永田勝治
発行所　株式会社オーバーラップ
〒141-0031　東京都品川区西五反田8-1-5
校正・DTP　株式会社鷗来堂
印刷・製本　大日本印刷株式会社

Printed in Japan　ISBN 978-4-8240-0060-6 C0193

第10回 オーバーラップ文庫大賞
原稿募集中！
イラスト：KeG
紡げ、魔法のような物語！
【賞金】
大賞…300万円
（3巻刊行確約＋コミカライズ確約）
金賞……100万円
（3巻刊行確約）
銀賞………30万円
（2巻刊行確約）
佳作………10万円
【締め切り】
第1ターン 2022年6月末日
第2ターン 2022年12月末日
各ターンの締め切り後4ヶ月以内に佳作を発表。通期で佳作に選出された作品の中から、「大賞」、「金賞」、「銀賞」を選出します。
投稿はオンラインで！ 結果も評価シートもサイトをチェック！
https://over-lap.co.jp/bunko/award/
〈オーバーラップ文庫大賞オンライン〉
※最新情報および応募詳細については上記サイトをご覧ください。
※紙での応募受付は行っておりません。